国家古籍整理出版专项资助项目

中国古典文学读本丛书典藏

韩愈诗选

陈迩冬 选注

人民文学出版社

图书在版编目(CIP)数据

韩愈诗选/陈迩冬选注. —北京:人民文学出版社,2016
(中国古典文学读本丛书典藏)
ISBN 978-7-02-011720-8

Ⅰ.①韩… Ⅱ.①陈… Ⅲ.①唐诗—诗集 Ⅳ.①I222.742

中国版本图书馆 CIP 数据核字(2016)第 121735 号

责任编辑 胡文骏
装帧设计 陶 雷
责任印制 刘志宏

出版发行 人民文学出版社
社 址 北京市朝内大街 166 号
邮政编码 100705
网 址 http://www.rw-cn.com

印 刷 三河市鑫金马印装有限公司
经 销 全国新华书店等

字 数 134 千字
开 本 880 毫米×1230 毫米 1/32
印 张 5.5 插页 3
印 数 5001—9000
版 次 1984 年 1 月北京第 1 版
印 次 2018 年 4 月第 2 次印刷

书 号 978-7-02-011720-8
定 价 22.00 元

目　录

序

一

人们常说，盛唐是中国诗歌的黄金时代。但人们未必经常想到，黄金时代过去以后，接着来的是什么。历史不管人们想到与否，总会把这一道试题出到人们面前。如果把李白、杜甫八年之间相继逝世作为盛唐时代结束的标志，那么，试题就是这样出的：此后中国诗歌会怎么发展？盛唐的“盛况”，会不会成为“止境”？这道试题要求有这样的继起者来答覆，他既要能从照耀盛唐诗坛的李杜的万丈光焰中点燃炬火，继续高举，不使人亡炬熄；又要能跨过李杜的高峰，找到新的道路，哪怕只能是下山路，也得继续走。高峰虽好，总不能在峰顶踏步不前，那会有“化作山头望夫石”的危险。

历史的需要，迟早总会找到它的实现者；而这回是来得相当及时，就在杜甫逝世的那一年（公元770年），韩愈已经三岁了。正是这个韩愈，后来唱出了这样的颂歌：

> 李杜文章在，光焰万丈长。不知群儿愚，那用故谤伤？蚍蜉撼大树，可笑不自量。
>
> ——《调张籍》

这不仅是赞颂，不仅是捍卫，而且是对于李杜的双悬日月照耀乾坤的崇高地位和相互关系第一次作出明确的评价，并为千秋万世所公认。他接着唱道：

> 伊我生其后，举颈遥相望。夜梦多见之，昼思反微茫。徒观

斧凿痕，不瞩治水航。想当施手时，巨刃磨天扬。垠崖划崩豁，乾坤摆雷硠。

——《调张籍》

对李杜的仰慕，是这样的深情！对李杜的艺术创造过程中的甘苦，体会得又是这样准确和深刻！由此，我们可以相信他的这一段歌唱：

我愿生两翅，捕逐出八荒。精神忽交通，百怪入我肠。刺手拔鲸牙，举瓢酌天浆。腾身跨汗漫，不著织女襄。

——《调张籍》

这就是说，他已经找到了跨过李杜高峰继续前进的道路：惟其不是亦步亦趋的追随，而是出八荒、跨汗漫的捕逐，这才真正能以精神与李杜相交通。于是，在李杜之后，在极盛难继的局面之下，正是这个韩愈，把继续推动中国诗歌向前发展的任务担当了起来。他以优异的成绩，答覆了历史的试题。

历史也公正地评了分数。中国诗歌史上，继"李杜"并称之后，只有"杜韩"并称，虽然并不能说韩愈在中国诗歌史上就是李、杜而下的第三人，但此外再没有第三个诗人得到这种崇高荣誉，却也是事实。

二

诗人韩愈从杜甫那里继承到一些什么呢？

是年京师旱，田亩少所收。上怜民无食，兵赋半已休。有司恤经费，未免烦征求。富者既云急，贫者固已流。传闻闾里间，赤子弃渠沟。持男易斗粟，掉臂莫肯酬。我时出衢路，饿者何其稠！亲逢道死者，伫立久咿嚘；归舍不能食，有如鱼挂钩。适会除御史，诚当得言秋；拜疏移阁门，为忠宁自谋！上陈人疾苦，无令绝其喉;下言畿甸内,根本理宜优;积雪验丰熟,幸宽待蚕辫。

——《赴江陵途中寄赠王二十补阙、李十一拾遗、李二十六员外翰林三学士》

韩愈这样的诗,会叫读者立刻联想到杜甫的《自京赴奉先县咏怀五百字》中那些名句:“彤庭所分帛,本自寒女出;鞭挞其夫家,聚敛贡城阙。”“朱门酒肉臭,路有冻死骨;荣枯咫尺异,惆怅难再述。”韩诗这些关切民瘼,为民请命的内容,当然是最可珍贵的。但是,如果说,韩之所以能与杜并称,主要就凭着这个,甚至说,韩愈之所以成为大诗人,主要就凭着这个,那也不是实事求是的。因为这种关切民瘼,为民请命之作,在韩诗中毕竟是极少数。倒是使诗歌密切联系现实生活,这才是韩诗继承杜诗传统的最主要之点。

我们都熟知,杜甫主张“熟精《文选》理”,但杜诗决不是《文选》诗的简单的因袭。我们翻看《文选》各家诗,好像除了陶渊明之外,很少有诗人能在诗里面写出他自己的、他家庭的、他的亲戚师友的日常平凡的现实生活。所谓“选体”诗的末流,写来写去,不外公宴祖饯,咏史游仙,招隐咏怀,游览行旅……笔墨肤泛,语言庸熟,结果是千人一面,难分彼此。诗歌的任务,虽然不在于叙事,但诗歌的根干永远不能离开现实生活的土壤。肤泛庸熟的诗,当然不可能把根扎进这个土壤中去。杜甫的伟大,就在于他能把诗歌同国运民生的现实结合起来;并且由于他是与国家共命运、与人民同甘苦的诗人,他自己的生活就是同国运民生不可分的,所以他也总是能在诗篇中写出他自己的、他家庭的、他的亲戚师友的日常平凡的衣食住行,动作云为,否泰穷通,生老病死,乃至一饭一羹,引水补树,“老妻画纸为棋局,稚子敲针作钓钩”……把人生最实际的面貌引入诗歌,从而也就使诗歌回到《国风》、《小雅》的沉着切实的轨道。

韩诗正是循着这个轨道继续前进。

病妹卧床褥，分知隔明幽；悲啼乞就别，百请不颔头。弱妻抱稚子，出拜忘惭羞。僶俛不回顾，行行诣连州。

——《赴江陵途中寄赠王二十补阙、李十一拾遗、李二十六员外翰林三学士》

这写的是他805年（永贞元年）因疏请宽免关中租徭而被贬斥，仓皇辞别妻儿时的情形。读者会立刻联想到杜甫的《北征》诗中，关于鹑衣百结的瘦妻，"天吴及紫凤，颠倒在短褐"的痴女，"见耶背面啼，垢腻脚不袜"的娇儿那些著名的描写。还有：

数条藤束木皮棺，草殡荒山白骨寒。惊恐入心身已病，扶舁沿路众知难。绕坟不暇号三匝，设祭惟闻饭一盘。致汝无辜由我罪，百年惭痛泪阑干。

韩愈这首诗有一个很长的题目，云："去岁自刑部侍郎以罪贬潮州刺史，乘驿赴任。其后，家亦谴逐。小女道死，殡之层峰驿旁山下。蒙恩还朝，过其墓，留题驿梁。"这写的是819年（元和十四年）他因谏迎佛骨第二次被贬斥时的事情。这种直书天伦骨肉的惨痛之作，又会使读者立刻联想到杜甫的《自京赴奉先县咏怀五百字》中这些惊心动魄的诗句：

老妻寄异县，十口隔风雪；谁能久不顾，庶往共饥渴。入门闻号咷，幼子饥已卒；吾宁舍一哀，里巷亦呜咽；所愧为人父，无食致夭折。

这样的诗篇，真有些"敢于直面惨淡的人生，敢于正视淋漓的鲜血"的味道。

此外，韩诗反映诗人自己的生活，或居或作，或动或静，有大有小，有苦有乐，方面非常的广，几乎一一可与杜诗相印证。例如，韩诗《此日足可惜一首赠张籍》中刻画道途辛苦之处，当然令人联想到杜甫的《北征》、《自京赴奉先县咏怀五百字》等名篇钜制；而韩诗《郑群赠簟》，把日常生活里一件微物小事，写得如此生动风趣，则又令人联想到杜诗中《棕拂子》、《桃竹杖引》等隽妙的小品；甚至也不妨说，令人从反面联想到杜甫那篇小题大作、有些古怪的《太子张舍人遗织成褥段》，那是把区区一个织成褥段联系到节镇大官杀身赐死那样严重的事。

韩诗还善于细节描写。例如：

> 羡君齿牙牢且洁，大肉硬饼如刀截。我今呀豁落者多，所存十馀皆兀鼿；匙抄烂饭稳送之，合口软嚼如牛呞；妻儿恐我生怅望，盘中不饤栗与梨。
>
> ——《赠刘师服》

这简直是小说式的家庭生活幽默小景。

韩愈的著名的《石鼓歌》，继杜甫的《李潮八分小篆歌》之后，开拓了咏金石碑帖诗的途径。摩挲金石，赏玩书画，本来就是文人的文化生活。所以这种诗，原来也是实际生活的反映。可是从更广阔的社会生活的角度来看，却又成了脱离现实。韩诗中还有《病中赠张十八》，记与张籍辩论诗学；《寄崔二十六立之》，描写考试场中“战词赋”的情形，都是实写文人的文化生活的。

韩诗不但善写自己的事，也善写别人的事。例如，孟郊、贾岛、卢仝、崔立之等人的坎坷潦倒的身世，都在韩诗中得到了具体生动的刻画。乃至刘阚如何造反，朝廷如何征讨，刘阚如何失败，这样的政治和军事上的大事，复杂曲折，头绪纷繁，通常用散文来叙述都很吃力，韩愈的《元和圣德诗》却能用四言诗这样局限性最大的形式把它写得脉络分明，一目了然。如果说，杜甫使诗歌恢复了《国风》、《小雅》的传统，那么，韩愈写这首《元和圣德诗》，显然是有意识地要更进一步恢复《大雅》和《周颂》的传统。至于他这个意图实现了多少，自是另一个问题。樊汝霖就说这首诗并不像《周颂》那样简约庄严以颂圣德，却像《鲁颂》那样，于德不足者，只好侈词以夸功。

三

樊汝霖的话未必是对的。韩诗代表作，多是着力镵刻、尽情铺张的古体长篇，岂仅一首《元和圣德诗》而已。这就要说到韩愈在杜甫之后开辟新道路的问题。

杜诗中已经有镵刻，有铺张，主要是用来写实，用来穷形极相地刻画民生的疾苦和诗人自己身世的颠连，铺张扬厉地展现时代的大动荡大变化。韩愈虽然担当了杜甫的继承者的使命，但是他远不能像杜甫那样与国家共命运，与人民同甘苦。他的视野，他需要反映的世界，比杜甫狭小得多。因此，他从杜甫那里继承过来并加以发展的镵刻之笔，铺张之文，就不全是用来写实，而是用于艺术的夸张。韩愈诗有两个最突出的特点，一是"狠重奇险"的艺术境界，一是散文化的语言风格。二者都可以说是用夸张的手段，或者说是在近于夸张的程度上来塑造一种新的美。而这也就是韩愈在李杜之后，在极盛难继的局面之下，力破馀地，推动我国诗歌艺术继续发展的道路。

什么是韩诗中的"狠重奇险"的境界呢？实质上就是用又狠又重的艺术力量，征服那些通常认为可怕可憎的形象，以及其他种种完全不美的形象，而创造出某种"反美"的美，"不美"的美。

韩诗中好用舂、撞、劈、镵、戛、崩、刮、斫、捩、拗……这一类的动词，这些就是那又狠又重的艺术力量的表现。用了这样的力量，居然能把蝎子这样可怕可憎的毒虫，写得可喜："昨来得京官，照壁喜见蝎。"①用了这样的力量，居然能把太阳神羲和所操的火的鞭子，和"赤龙拔须血淋漓"②这样两个壮伟而又有些恐怖的形象，来形容珍异的赤藤杖。"鸱枭啄母脑，母死子始蕃；蝮蛇生子时，坼裂肝与肠。"③这样令人毛骨悚然的形象，却是用来安慰老朋友的丧子之痛，极言有儿子也未必都是好事。"我齿豁可鄙，君颜老可憎。"④如此的"可鄙"、"可憎"，却更加道尽老友久别重逢时回首华年、相惊老大的深情厚谊。韩愈一生两次贬斥南荒，他对南方的一切充满成见，每一写到，都写成火焰地狱一般的可怕，然而同时也就写出一种蛮荒的"可怕的美"。他的奇特的《陆浑山火一首和皇甫湜，用其韵》，写一场山林大火，写尽火神的不可抗拒的威力，使水神一败涂地，上帝也让它三分。最后上帝虽然还是帮助水神熄灭了大火，但又郑重肯定大火的存在的合理性，使水与火结成婚姻。这个上帝其实是诗人自己的化身，诗人像上帝一样征服了火，肯定了火，同时也欣赏了火。

韩愈自称"慢肤多汗"，非常怕热。他善于写秋景。一到秋天，他就有精神。但是，他偏偏又要写出这样的诗句："自从五月困暑湿，如坐深甑遭蒸炊。"⑤"毒雾恒熏昼，炎风每烧夏。"⑥诗人已经用艺术的力量征服了自己所感受的暑湿熏蒸之苦。不仅如此，韩诗中还生动地写出了种种生理上不愉快的经验，例如牙齿将落未落之苦⑦，眼花之

---

① 《送文畅师北游》。
② 《和虞部卢四汀酬翰林钱七徽赤藤杖歌》。
③ 《孟东野失子》。
④ 《送侯参谋赴河中幕》。
⑤ 《郑群赠簟》。
⑥ 《县斋有怀》。
⑦ 《落齿》。

苦①,头秃之苦②,腥臊入口之苦③,虾蟆惊眠之苦④,等等。显然都是艺术地征服了这些,反转来使它们成为“不愉快的美”。

现实里面,污浊的泥沟并不美,然而韩诗中偏有这样的描写:“君居泥沟上,沟浊萍青青。”⑤干涸的河床并不美,而韩诗中又偏有这样的描写:“温水微茫绝又流,深如车辙阔容辀;虾蟆跳过雀儿浴,此纵有鱼何足求?”⑥其实诗人这次同侯喜来到干涸的洛水上钓鱼,从头到尾都非常扫兴:来的路上是毫无可观:“平明鞭马出都门,尽日行行荆棘里。”⑦垂钓时是非常疲困:“晡时坚坐到黄昏,手倦目劳方一起。”⑧结果是所得极微:“举竿引线忽有得,一寸才分鳞与鬐。”⑨韩愈能把这些丝毫不美的景和事写入诗,使之成为“不美”之美,正是他的创造。

更确切地说,《赠侯喜》所写的,其实是无景可观,无鱼可钓。此外,如《古意》极言太华峰头莲花莲藕之美,而终于求之不得。《岣嵝山》极赞禹碑字画之美,而终于寻访不着。著名的《山石》诗中写得更有趣:“僧言古壁佛画好”,下句似乎该是把这壁画赞美一通了,不料却是“以火来照所见稀”;“铺床拂席置羹饭”,似乎该是精美的素馔了,结果却是“疏粝亦足饱我饥”。接连两联,都是下一句直接否定了上一句。这种“无有”之美,“否定式”之美,更是韩诗的独创。

所有这些可怕的、可憎的、野蛮的、混乱的、平凡的东西,乃至“什么也没有”,都被艺术的强力硬纳入诗的世界,使之成为“反美”的美,“不美”的美,这就是所谓“狠重奇险”的境界的具体内容。

---

① 《寄崔二十六立之》。

② 《感春》其二。

③ 《初南食贻元十八协律》。

④ 《答柳柳州食虾蟆》。

⑤ 《题张十八所居》。

⑥⑦⑧⑨ 《赠侯喜》。

四

韩诗的第二个特点，是语言风格的散文化。

我们都知道，韩愈是古文运动的倡导者，他成功地领导了文体的复古，其实也就是文体的革新。六朝的骈俪之文，把文章写得像格律诗。韩愈的古文运动，就是要使文章像文章，不要像格律诗。可是，他在诗的方面，却又努力把诗写得不像诗，倒像文章。这就是我们所说的韩诗语言风格的散文化。有所谓“韩愈以文为诗”，含有贬义，所指的也就是这个事实。

韩诗的散文化，有时表现在造句的平直浅白。例如：“我初往观之，其后益不观；观之乱我意，不如不观完。”①“我齿落且尽，君须白几何？年皆过半百，来日苦无多。”②这些都像信笔写来的家书、日记。有时又表现在造句的简括凝炼。例如：“闻子高第日，正从相公丧。哀情逢吉语，惝怳难为双。”③“四时各平分，一气不可兼。隆寒夺春序，颛顼固不廉。”④引用者加了着重点的句子，都是一句话里概括了复杂曲折的意思，完全是“古文”式的简括。有时又表现在语气的纡徐委曲。例如：“仁者耻贪冒，受禄量所宜。无能食国惠，岂异哀瘵罢？久欲辞谢去，休令众睢睢。况又婴疹疾，宁保躯不赀。不能前死罢，内实惭神祇。”⑤本来是一两句说得尽的，却充分伸展开来，说了这许多。为了助成语气的纡徐委曲、有时还直接运用散文里才常用的语助词。例如：

---

① 《读皇甫湜公安园池诗书其后二首》。

② 《除官赴阙至江州寄鄂岳李大夫》。

③ 《此日足可惜一首赠张籍》。

④ 《苦寒》。

⑤ 《寄崔二十六立之》。

“后日更老谁论哉？”①“次第知落矣。”②“破屋数间而已矣。”③“惟子能谙耳，诸人得语哉！”④有时则又在本来完全不需要介词的地方，故意用上散文式的介词，使语气显得硬健。例如：“归来殒涕掩关卧，心之纷乱谁能删？”⑤“心之纷乱”本来完全可以作“中心纷乱”或“愁心纷乱”之类。

韩诗的散文化，还表现在“古文”式的“章法”，讲究虚实正反，转折顿挫。例如《八月十五夜赠张功曹》，一篇之中，有人有我，有今有昔，有哀有乐，有虚有实，有正有反。在表面的文章逻辑上，人所歌的昔日哀景，是虚写回忆，是被否定了的陪衬之意；我所歌的眼前乐景，是实写今夜，是结论性的主意。但在实际的情感的逻辑上，昔日的患难哀愁，才是真正要追溯的主意；眼前的反面的行乐，不过是故作宽解，反衬一笔，以加强主意。所以，诗中的反与正，宾与主，在实质上和在表面上是正相反的。又如，《谒衡岳庙，遂宿岳寺，题门楼》，开头就说岳神的威灵显赫，诗人自己的虔诚拜奠，说到庙令殷勤相助，向岳神卜问吉凶，一路说下来，真是神乎其神。然后，“侯王将相望久绝，神纵欲福难为功”两句，忽然翻转去，才出人意外，力挽千钧。像这样的虚实正反，转折顿挫的章法，不仅上述长诗中经常运用，短篇的古体诗中同样运用。前面说过的那些表现“无有”之美，“否定式”之美的短篇古体如《古意》、《岣嵝山》等诗中，往往更集中地把这些“古文”章法之妙发挥尽致。

韩诗的散文化的语言风格，在诗歌形式上形成的美，就是反对称反均衡反和谐反圆润之美。五、七言律诗的格律，是中国旧体诗形式方面

---

① 《李花赠张十一署》。

② 《落齿》。

③ 《寄卢仝》。

④ 《咏雪赠张籍》。

⑤ 《雪后寄崔二十六丞公》。

对称均衡和谐圆润之美的极致。唐代诗人从四杰和沈、宋起，把这种格律诗做得越来越成熟，杜甫尤其是集大成者。在律诗的势力影响之下，古体诗也逐渐律诗化了。于是这又产生另一方面的危险，即那种古朴刚健参差拗折之美有日益消亡的危险。杜甫已经努力把古朴刚健参差拗折之美引进律诗，特别是七律中来，使这种对称均衡和谐圆润的形式里，巧妙地融入了反对称反均衡反和谐反圆润的成分。韩愈的古诗也写得散文化，就是继续杜甫的这种努力。韩愈为了力避对称均衡，在长篇古体诗中，往往通首彻底散行，没有一个骈偶对仗；有时又故意做得似对非对，可以对而不对。他为了避免和谐圆润，遣词用字力求生僻，爱用人所少用、乃至人所不识的字；造句往往故意造成散文调，不是诗调，有时故意违反七言上四下三的句式，而做成上三下四的拗句。韩诗为了在音韵上避免和谐圆润，往往越是长篇越不转韵，韵脚越押越险。例如《赠崔立之评事》、《病中赠张十八》之类，使人读之，有如攀登一线直上的险峰，喘不过气来，偏又没有一处可以停步换气。而一些短篇古诗，一篇之中，偏偏多次转韵，而且避免四句一转，故意转得参差错落。例如《三星行》、《汴泗交流赠张仆射》之类，使人读之，好像走着一条十步九曲的小道，总不能潇潇洒洒地走，放开大步地走。

通常含贬义的所谓"韩愈以文为诗"，还包括"以议论为诗"的意思。韩诗中议论的成分确实不少，从艺术上看，未必都是不好的，其实往往倒是扩大了诗歌的领域。例如《荐士》一篇，全是议论：前半概论中国诗歌史，高瞻远瞩，显然深受李白的《古风五十九首》其一的影响。后半接连用了许多比喻，把贤士要有人提携和进贤要抓紧时间的道理，从各方面说得透而又透。《诗经》的"六义"中原有"比"，那是"以彼物喻此物也"。韩愈在诗中很会运用那种"比"，例如《南山诗》中连用五十一个"或"，又连用十四个叠字，就是大规模地用种种形象来比喻南山。又如《听颖师弹琴》，以种种形象来比喻琴声，也成了公认的名篇。

但韩愈独特的创造，尤在于用一连串的具体事物作比喻，来说明抽象的道理。这种手法，除上述《荐士》诗外，又如《送区弘南归》、《孟东野失子》等其他好多诗篇中都用过。这是遥承先秦诸子寓言的遗风，特别是近接汉、晋“连珠”的“必假喻以达其旨”、“欲使历历如贯珠”的传统。这样的发议论，表现了诗人的胸襟和机智，形成高远的美，明彻的美，历史的宏观和人生的探索的美，又岂是局限于“形象思维”所能达到的呢？

五

以上说的，可以综合为两句话：一是在诗的内容上，通过“狠重奇险”的境界，追求“不美之美”；一是在诗的形式上，通过散文化的风格，追求“非诗之诗”：这就是诗人韩愈对我国诗歌艺术的发展所作的巨大贡献。

这不是一条容易走的道路。“不美之美”，“非诗之诗”，分寸都很不好掌握；过一点，差一点，可能就只剩下了“非诗”和“不美”。韩愈自己，就并不总是成功的。

韩诗中散文化的字句篇章，有些实在流于拙劣。例如，《双鸟诗》中的“周公不为公，孔丘不为丘”，《路傍堠》中的“千以高山遮，万以远水隔”，简直不知所云。又如《别鹄操》中的“江汉水之大，鹄身鸟之微”，这两个“之”字加得实在无必要，只能使语气缓弱，前代评论者早有人指出了。

韩诗失败之处，更多的是由于没有掌握好“狠重奇险”的分寸。诗人韩愈原也能够出色地写出种种传统的美，如自然情韵，清润华腴，一气清空，淡朴深挚，和平冲淡，秀丽明媚，艳冶缠绵，等等。他的好诗，往往是把“狠重奇险”之美同其他的美调融起来。例如《感春三首》其三中的“艳姬蹋筵舞，清眸刺剑戟”，形容美人的明眸而用上了“刺剑戟”的形象，这是在传统的艳冶之美中，融入了“狠重奇险”的成分。《南山诗》虽然通首都是“狠重奇险”，其中却也有“横云时平凝，点点露数岫；天空浮修眉，浓绿画新就”这样绝世丰神的丽句，也有“林柯有脱叶，欲堕鸟惊救”这样幽微深细的描写。又如《游青龙寺赠崔大补阙》一首，前半是游青龙寺，描写柿叶柿实的一片彤红，用了“赫赫炎官张火伞”和“金乌下啄赪虬卵”这样一些十分“狠重奇险”的比喻；后半是赠崔大，却说道：“何人有酒身无事，谁家多竹门可款。”又说道：“须知节候即风寒，幸及亭午犹妍暖。”评论家们一致推崇这些诗句逸趣飘然，下句轻圆，意境闲远。整个这首诗，就是从“狠重奇险”之美，自然地转入清逸闲远之美，使两种美互相调剂，互相映照。有的评论者甚至推崇这首诗为韩愈的七言古诗中的第一。

相反地，如果“狠重奇险”之美不与他种美相调剂，单独过分发展，就往往过了“美”的界限，成为“恶态”，甚至成为“杀气”。韩诗中确有一些这种败笔。例如，嘲笑别人鼾声之大，比喻为彭越、英布的“呼冤受菹醢”①之声，虽是开玩笑，实在是恶态，并且已经有了杀气。又如《月蚀》诗中要杀蛙，要钻龟；《题炭谷湫祠堂》中要屠龙，《叉鱼招张功曹》中描写叉鱼的情景：“刃下那能脱，波间或自跳。中鳞怜锦碎，当目讶珠销。……血浪凝犹沸，腥风远更飘。”诗人似乎对于屠杀、流血有一种特别的欣赏。一到诗人自己真有了杀人之权，就更加可怕。他做河南县令时，卢仝来控告一个隔墙恶少，事情不过是“每骑屋山下窥瞰”而已，韩愈就想到“操权不用欲何俟”，打算“尽取鼠辈尸诸市”②了。登峰造极的自然还是《元和圣德诗》，有一大段津津有味地描写刘

① 《嘲鼾睡》。这一首是集外诗，过去已有人怀疑它是否韩愈所作。但大致看来，仍与韩愈的作风相近。

② 《寄卢仝》。

阚失败被俘以后，凌迟灭族，刑场上如何屠戮妇孺，如何尸骸堆积，最后对刘阚如何挥刀碎割的详情，这是恶性地追求“狠重奇险”，成了赤裸裸的刽子手文学。

其实，这并不仅仅是艺术上没有掌握好分寸的缘故。通观韩愈这个人，尽管是博学高才的大文学家，但是气质上有一个最大的缺点，就是躁急褊狭，无容人之度；他在仕途上，又特别热中利禄，无恬退之心。他的诗篇当中，经常贬低朋友，好为人师，攘斥异端，自居正学，就是褊狭的表现；他在诗中，一再公开地以富贵利禄教子，在儿子面前吹嘘自己的交游如何光显，就是热中的表现。二者结合起来，更是利禄情深，恩仇念重，互为因果，愈扇愈烈。谁妨害了他的功名富贵，谁不尊敬他的学问文章，他对谁就会恨之次骨，永世不忘。这样的人的精神状态中，自然容易充满了怨毒之气，怨毒之极又自然通于杀气。贞元十九年，韩愈因建言被贬斥，这一段经历他在诗中再三再四地说起，对于政敌王叔文集团，包括对老朋友柳宗元、刘禹锡，真是悻悻之状如见，切齿之声可闻。待到王叔文失败，包括柳宗元、刘禹锡在内的“八司马”一时窜逐，韩愈这时便写出了幸灾乐祸、投井下石的《永贞行》。诗中说道：“董贤三公谁复惜，侯景九锡行可叹。国家功高德且厚，天位未许庸夫干。”竟然把谋反篡位的大罪名硬加在王叔文身上，用心太可怕了。过去的评论者对这样的诗句都看不下去，例如何焯评云：“二连过矣，有伤诗教。”又云：“叔文欲夺中人兵柄还之天子，此事未可因其人而厚非之。下文‘九锡’‘天位’等语，直欲坐之以反，公于是失大人长者之度矣。”其实，谋反篡位，正是凌迟灭族的罪名。韩愈写这几句诗的时候，就是希望看到王叔文集团像刘阚一样的下场，又岂止“失大人长者之度”而已呢？

当然，韩诗中求“狠重奇险”而失之太过的地方，不能说都是直接由于利禄之情，恩仇之念，置人死地的怨毒之心；但是，有这样的气质，习惯于这样的精神状态的诗人，又在艺术上追求“狠重奇险”之美，是容易失之太过的。文学家言行不一，表里不一，未必容易察觉；只有气质和精神状态，往往流露在作品中而不可掩。中国古代文学理论早有指出过这一点的，这是相当有道理的。

五四运动以来，科学和民主的观念深入人心，于是，中国古代大作家当中，韩愈成了最不受欢迎的一个，这就是因为他的作品中流露出来的气质和精神状态上的庸俗性，总带有独断和专制主义的味道。

六

但是，解放以后，整理出版韩愈的各种选集和全集，又列入了国家文学出版社的计划；陈迩冬同志的这部《韩愈诗选》，就是二十年前应人民文学出版社之约选注的。这是因为，解放以后，大家学了马克思主义，会用历史主义的眼光看问题，对韩愈这样的古代作家，既看到他的气质精神上的庸俗性、思想上的独断性和专制主义倾向，又看到他的博学高才，看到他在文学史上的巨大成就和贡献。然而，历史又毕竟不是直线的。这部《韩愈诗选》的成稿，在出版社一压就是二十年，现在才终于能够出版（不久以前出版的童第德先生选注的《韩愈文选》，也是二十年前就交了稿，出版时选注者已经逝世）。陈迩冬同志由于年龄和疾病的缘故，已经无力来写这篇序言，却把这副担子加到我肩上来了。

我对韩愈素来没有研究，陈迩冬同志并非不知道。他一定要我来写这篇序，是因为我们平日闲谈时，有一些相同或相近的看法。

我们都认为，唐诗是中国诗歌发展的高峰；但极盛之后，正是难以为继之时，如果没有宋诗这一大变化，中国诗就会停滞，槁死。宋诗的总的成就，有人认为不亚于唐诗，有人认为不及唐诗。即使它不及唐诗,它也是发展,是生命,否则就是停滞和槁死。当问题是这二者必居其一的时候,发展和生命是第一义的,发展得高些还是低些,则是第二义的。谈中国诗史,唐诗以后,赞也要赞宋诗,骂也要骂宋诗,总之绕不开它;而元诗和明诗,基本上因袭唐诗,就完全可以略过不提。此中消息,值得深思。

我们都认为,杜甫于集大成之中,已经兼有继往和开来两个方面。韩愈正是专门把杜甫的开来的方面,更突出地加以发展。他实在是宋诗的先驱者,因此也就是在李杜之后的极盛难继的局面之下把中国诗继续推向前进的人。

我们都认为,韩愈并非孤立的一个人。在他的周围,还有孟郊、贾岛、卢仝、张籍……这样一个诗人之群。这些诗人的境界和风格各不一样,成就也各有高低,但是,他们隐隐然有共同的东西,就是都在探索某种"不美之美"和"非诗之诗";卢仝的怪异,张籍的古淡,以及通常所谓"郊寒岛瘦",都是探索的结果。所以,韩愈的时代,就是唐诗自身在求变、求新、求否定自己,来为宋诗那个大变化开辟道路的时代,韩愈就是这个时代要求的完满的体现者。

我们都认为,诗人韩愈对后来者的影响和启发,应该得到充分的估计。李贺亲及韩门,受的影响最大。李贺诗中好用刮、轧、割、拗……这些动词,好以金、铜、玻璃、琥珀……这些坚硬沉重之物为喻,着力塑造"郎食鲤鱼尾,妾食猩猩唇"这一类的带有"蛮风"和"血丝"的美,有现成轻艳字面可用之处却偏偏换上词感庄重的字面,如"夫人飞入琼瑶台",诸如此类,都是直接来自韩愈。李商隐又从李贺的路上稍稍转了一个弯,把李贺惯用的"生色"换成调过的"熟色",把李贺的大块镶嵌换成细丝刺绣;但是,他的《韩碑》一首,表明了他在学诗的道路上,对韩诗下过多大的临摹功夫。中晚唐这两个大诗人,可以说就是韩愈的一传再传弟子。到了宋代,欧阳修首先高举起韩愈的旗帜,诗和文都专学韩愈的“文从字顺”的一面。苏轼则被后代评论家称为“韩潮苏海”，说明他的诗和文都在铺陈排比这一点上与韩愈相通；特别是运用比喻来状物说理，纵横历乱，千变万化，更是把韩愈所开创的突破“形象思维”、进入历史的宏观和人生的探索之美发挥尽致。江西诗派奉为宗主的黄庭坚，在诗境上力探“不美之美”，在诗格上追求“非诗之诗”，都完全同韩愈一样，不过把韩愈的“雄奇”换成“清奇”，把韩愈的“粗砂大石”换成“紧筋硬骨”罢了。

我们都认为，任何发展过程，都是肯定和否定的过程，异化和同化的过程。就中国诗而论，从《诗经》、《楚辞》到艾青、田间，始终是诗，越来越是诗，这就是不断的自体肯定。由风骚而汉魏，而六朝，而三唐，而两宋，而词曲，终于新诗代替了旧诗，这又是不断的自体否定。一方面，一代之诗，成就越高，对后世的影响越大，因袭模仿就越多，这是诗不断地化为“非诗”，必须清除这些“非诗”，发展才能继续，这就是不断地自体异化。另一方面，每一代之诗，都必须突破上一代的诗境诗风，把上一代尚被认为“不美”的东西变为“不美之美”，把上一代尚被认为“非诗”的东西变为“非诗之诗”，这才能不断扩张诗的国土，这就是不断的异体同化。应该从这个规律的深度，来认识韩愈在中国诗史上承先启后的特殊地位，来体会苏轼的几句深有见地的话：“书之美者，莫如颜鲁公，然书法之坏自鲁公始；诗之美者，莫如韩退之，然诗格之变自退之始。”

七

我毕竟对韩诗素无研究，平日闲谈泛论不难，真要提笔写序却并非容易的事。我只好拿了韩诗来读。读的当然不仅是陈迩冬同志这个选本，而是全部韩诗；但这个选本对于我的理解韩诗，却有很大的帮助。

首先，这是精选之本。现存韩诗约近四百首，这里选了九十馀首，入选比例约为四分之一。说它精，并不是精在数量上，而是指所选的绝大部分是古体诗，近体只是略举一斑而已，这就比较精确地反映了韩诗的艺术成就的特点。诗人韩愈毕生用力，主要也是在古体诗方面。读这个选本的读者，可以相信韩诗精华，尽在于此了。

其次，这是谈艺之书。陈迩冬同志自己是诗人，有创作经验，又善于谈艺。他选注的《苏轼诗选》、《苏轼词选》，即以善于谈艺，久已著闻于读书界。现在这本《韩愈诗选》，仍然有这个特色。有时在题解中，解释全诗的风格与艺术，例如《谢自然诗》、《雉带箭》、《山石》、《落齿》、《石鼓歌》等篇的题解，都是要言不烦，而给读者的启发很大。有时只就某一句，例如《荐士》篇中"子昂始高蹈"句，《送无本师归范阳》中"注视首不锁"句和"往往造平澹"句，《卢郎中云夫寄示送盘谷子诗两章，歌以和之》中"飞雨白日洒洛阳"句，稍一指点，便使读者有"会心不远"之感。

第三，释事而又不忘义。"释事忘义"是旧时许多注解的通病。这里却把二者结合得很好。释事方面有一个特点，就是选注者对于古文物有广博的知识，所以，例如《谢自然诗》中注"象物知神奸"，《荐士》诗中注"珪瑁"，《石鼓歌》题解中叙石鼓，都能谈得生动明确，亲切有味。尤其是有关唐代社会风习的名物，注释每有创见。例如，《盆池》中注出唐代已有养金鱼之事，而一般人认为南宋才有。又如《汴泗交流赠张仆射》中注出，打马球的技艺，唐代已由波斯传来，而他处未见人说起。释义的方面，也有一个特点，就是对一些适应诗的格律而不得不有些特殊的造句，时时注意疏解。例如《嗟哉董生行》中"或山于樵，或水于渔"句，《湘中酬张十一功曹》中"今日岭猿兼越鸟，可怜同听不知愁"句，都是读者易于误解，或易于似懂非懂地过去，而一经指点，涣然冰释，方知这样的疏解确不可少。

第四，注解不是孤立地就事论事，每每能兼顾与此有关的韩愈的其他作品。例如，注《杂诗》“古言自包缠”句，而引及《施先生墓铭》中的“古圣人言，其旨密微”句；在《嗟哉董生行》的题解中，论及《送董邵南序》；乃至兼顾他人的有关作品，例如注《此日足可惜一首赠张籍》“诡怪相披猖”句，而引及杜甫“飞扬跋扈为谁雄”句；注《荐士》“酸寒溧阳尉”句，而引及刘叉句：这些旁征博引，都能帮助读者观其会通，加深理解，扩大眼界。

过去有“五百家注韩”之说，上面说的注解中的优点，当然有些是吸取旧注而来的。而这也就是这个选注本的又一优点，就是旧注的精华，也有不少总结在这里了。

我在本文第一至第五节中所说的，都是这次读韩诗的一些领会，也是从过去与陈迩冬同志的交谈以及现在读他这个选注本当中得到启发的。如果所见尚非大谬，有一二可取，我就敢于凭着这一点，向读者推荐这本《韩愈诗选》，相信广大读者从中会比我获得更多的益处。

舒芜

一九八二年五月十二日

于北京天问楼

岐山下一首

谁谓我有耳？不闻凤皇鸣〔1〕。朅来岐山下〔2〕，日暮边鸿惊。丹穴五色羽，其名曰凤皇〔3〕。昔周有盛德，此鸟鸣高冈〔4〕。和声随祥风，窅窕相飘扬〔5〕。闻者亦何事，但知时俗康。自从公旦死〔6〕，千载闷其光〔7〕。吾君亦勤理〔8〕，迟尔一来翔〔9〕。

这诗的创作年代约在贞元九年（公元793年）。时韩愈二十六岁，在首都长安（今陕西省西安市）应博学鸿词试，曾一度游览凤翔。岐山在岐山县，又叫凤凰堆，传说是周代初兴，有凤凰飞鸣其上而得名。作者在这诗中，有孔子所谓"凤鸟不至"之叹——没有遇到像周初那样的封建"盛世"。

〔1〕"谁谓"二句：倒置，是说：没有听过凤凰鸣，算是空有两耳。这里"谁"作怎样、哪能解。"皇"，凰的本字。

〔2〕朅来：去来。朅，音qiè。

〔3〕"丹穴"二句：《山海经·南山经》："丹穴之山……有鸟焉，其状如鸡，五采而文，名曰凤皇。"

〔4〕"此鸟"句：本《诗经·大雅·卷阿》"凤凰鸣矣，于彼高冈"语意。《山海经·南山经》说凤凰"自歌自舞，见则天下安宁"。作者《送何坚序》："吾闻鸟有凤者，恒出于有道之国。"

〔5〕窅窕：音yǎo tiǎo，也写作"窈窕"，美好的形容词。即"苗条"。

〔6〕公旦：即周公——姬旦。

〔7〕閟其光:不出现、隐藏起来了。閟,音义与"秘"、"闭"同。

〔8〕吾君:指唐德宗——李适(音 kuò)。

〔9〕迟:这里读 zhì,作动词用,期待的意思。

谢自然诗

果州南充县〔1〕,寒女谢自然〔2〕:童騃无所识〔3〕,但闻有神仙〔4〕。轻生学其术,乃在金泉山。繁华荣慕绝,父母慈爱捐〔5〕。凝心感魑魅〔6〕,慌惚难具言〔7〕。一朝坐空室,云雾生其间。如聆笙竽韵〔8〕,来自冥冥天。白日变幽晦,萧萧风景寒。檐楹暂明灭〔9〕,五色光属联。观者徒倾骇〔10〕,踯躅讵敢前?须臾自轻举〔11〕,飘若风中烟。茫茫八纮大〔12〕,影响无由缘〔13〕。里胥上其事〔14〕,郡守惊且叹〔15〕!驱车领官吏,氓俗争相先〔16〕。入门无所见,冠履同蜕蝉。皆云神仙事,灼灼信可传〔17〕。余闻古夏后〔18〕,象物知神奸〔19〕。山林民可入,魍魉莫逢旃〔20〕。逶迤不复振〔21〕,后世恣欺谩〔22〕。幽明纷杂乱,人鬼更相残。秦皇虽笃好〔23〕,汉武洪其源。自从二主来,此祸竟连连〔24〕。木石生怪变,狐狸骋妖患〔25〕。莫能尽性命〔26〕,安得更长延。人生处万类,知识最为贤〔27〕。奈何不自信,反欲从物迁?往者不可悔,孤魂抱深冤。来者犹可诫,余言岂空文〔28〕?人生有常理,男女各有伦。寒衣及饥食,在纺绩耕耘。下以保子孙,上以奉君亲。苟异于此道,皆为弃其身。噫乎彼寒女,永托异物群[29]。感伤遂成咏，昧者宜书绅[30]。

贞元十年（公元794年）作。谢自然是一个年轻的女道士，方世举注引《集仙录》："谢自然居果州南充县，年十四，修道不食，筑室于金泉山，贞元十年十二月十二日（顾嗣立引作十一月二十日，今人钱仲联《韩昌黎诗系年集释》同）辰时，白日升天。士女数千人，咸共瞻仰，须臾，五色云遮亘一川，天乐异香散漫。刺史李坚表闻，诏褒美之。"又引《白氏六帖》："谢自然，女道士也，果州人，居大方山顶，常诵《道德经》、《黄庭》、《内编》，于开元亲授《紫虚宝经》于金泉山，一十三年昼夜不寐，两膝上忽有印，四堧若朱，有古篆六字，粲若白玉。忽于金泉道场，有云气遮匝一山，散漫弥久，仙去。"按，道教是唐代的"国教"，中唐以后，佛教虽盛，而未能尽夺道教之席，它在社会上的势力仍然很大。韩愈是儒家的忠实卫士，既排斥佛教，也排斥道教，尝自比孟子之排斥杨、墨。他平生反对宗教、反对迷信的战斗是始终不懈、不移、不屈的。这首诗就是以轰动一时的社会新闻为题材，来否定神仙之说，规劝人民。大概是考虑宣传效果的缘故，这首诗写得平易近人。

〔1〕果州南充县：今四川省南充市。

〔2〕寒女：贫家女儿。寒，包括贫穷、低微等义，如叫穷书生为"寒士"，自谦称家族为"寒门"之类。《太平广记》："谢自然，孝廉谢寰女。"

〔3〕童騃：幼稚无知。騃，音ái。

〔4〕但闻：只晓得。

〔5〕这两句中的"绝"、"捐"，都是割断、抛弃的意思。

〔6〕凝心：聚精会神。

〔7〕难具言：难以一一说明。

〔8〕笙竽韵:笙、竽,均管乐乐器;韵,乐声。

〔9〕暂明灭:言其一忽儿明,一忽儿灭。

〔10〕倾骇:轰动惊异。

〔11〕轻举:即所谓"飞升"的意思。

〔12〕八纮:犹如说"八荒"、"八方",指广大空间。纮,音 hóng。

〔13〕影响:形体和声音。无由缘,用曹植《与吴质书》:"天路高远,良无由缘"句意。

〔14〕里胥:村长之类。上其事:这里的"上"字作呈报解。

〔15〕郡守:指果州刺史李坚。

〔16〕氓俗:氓,农民;俗,市民,这里统指群众。

〔17〕"皆云"二句:总结前面所叙的事。作者表示此事不足信。试看在前面所叙的文字中,一则曰"慌惚难具言",再则曰"影响无由缘";那些"观者",实际上没有一个人看到真相,他们只"倾骇"而不"敢前";于是,里胥把事报,郡守驱车到,"入门无所见",只听大家说得活灵活现罢了。灼灼,鲜明貌。

〔18〕夏后:夏禹王。

〔19〕象物:模拟各种动物的形象。知神奸:使人知道怪异凶恶的东西。此指夏禹铸鼎事。《左传》宣公三年记王孙满答楚子的话:"昔夏之方有德也,铸鼎象物,而为之备,使民知神奸。故民入川泽山林,魑魅魍魉,莫能逢之。"按,传世和新出土的殷、周青铜鼎及其他礼器,差不多都是用饕餮(古代传说它是食量最大的凶神)、蟠虬、双螭、怪兽、猛禽等作主题雕饰和配合图案。夏代青铜器至今虽未发现,或发现而未敢确定,其"铸鼎象物"所象的"神奸"种种,想来不过如此。

〔20〕莫逢:就是上注引《左传》"莫能逢之"的意思。因为民已知什么是"神奸",见则回避。旃,音 zhān,语助词,是"之焉"的合音。

〔21〕逶迤:音 wēi yí ,这里作邪曲解。

〔22〕欺、谩:同义,这里含有虚伪的意思。谩,读 mán。

〔23〕笃好:深爱、迷信。

〔24〕此祸:指神仙之害。

〔25〕患:这里叶韵应读 huán。方成珪《韩集笺正》:"古患字多音还。"

〔26〕"莫能"句:尽,一作"保",意思一样。这句是指秦汉以来许多人"服食求神仙,反为药所误"(《古诗十九首》之一)那样的事。

〔27〕贤:贵、要。

〔28〕以上四句:用《论语》"往者不可谏,来者犹可追"句意。往,过去;来,未来。"谏"、"追",这里用"悔"、"诫",意同。

〔29〕"永托"句:谓永远寄身于非人类之中。这是韩愈不相信有神仙的看法。即使有神仙,韩愈也认为是"异物"。事实上也确然如此:谢自然后来是回来了的,唐人刘商《谢自然却还故居》诗云:"仙侣招邀自有期,九天升降五云随。不知辞罢虚皇日,更向人间住几时?"明杨慎采入了他的《升庵诗话》,并说:"观此诗,其事可知矣!盖谢氏为妖道士所惑,以幻术贸迁他所,久而厌之,又反故居。观商诗所云'仙侣招邀',意在言外。惜乎昌黎不闻也。……"

〔30〕昧者:不明白的人。书绅:写在衣带上。绅,大带。古人把要事、格言常写在衣带上,以备忘和自警。

杂诗

古史散左右,诗书置后前〔1〕,岂殊蠹书虫:生死文字间。古道自愚蠢〔2〕,古言自包缠〔3〕;当今固殊古,谁与为欣欢?独携无言子〔4〕,共升昆仑颠〔5〕,长风飘襟裾,遂起飞高圆〔6〕。

下视禹九州[7]，一尘集毫端[8]。遨嬉未云几[9]，下已亿万年[10]。向者夸夺子[11]，万坟压其巅[12]。惜哉抱所见[13]，白黑未及分[14]。慷慨为悲咤，泪如九河翻[15]。指摘相告语，虽还今谁亲？翩然下大荒，被发骑骐驎[16]。

贞元十一年(公元795年)作。在前面《谢自然诗》里作者反道教、斥神仙，在这首诗里却想飞升做神仙；前者是劝世，后者是托意，并不矛盾。陈沆《诗比兴笺》说此诗主旨是“厌语言文字而思大道”。

〔1〕后前：即“前后”的倒置。

〔2〕蠢：别本或作“惷”。

〔3〕包缠：言其包封着、缠捆着，不易打开；喻古言深奥，难以了解。即作者在《施先生墓铭》中所谓的“古圣人言，其旨密微”。

〔4〕无言子：假设的人名。无言，喻不“生死文字间”，不著书立说，即道家所渭“绝圣弃智”之意。从这句起，八句都是假托。是说读“古史”、“诗书”读得厌烦了，想跳出“古道”、“古言”的圈子，去另觅“欢欣”，“遨嬉”于“九州”之外。

〔5〕颠：通“巅”。昆仑山自帕米尔高原发脉，分北支、中支、南支，遍布在我国西北、中原、西南各省。我国古代所谓昆仑，一般是指今新疆维吾尔自治区和田一带的山。它是我国神话中的圣地，《列子》、《穆天子传》等书所说的周穆王乘八骏西游就是到这里，西王母的瑶池也在这里。

〔6〕高圆：天空。

〔7〕禹九州：据《尚书·禹贡》，我国古代的领土，分为冀、兖、青、徐、扬、荆、豫、梁、雍九州。

〔8〕“一尘”句：是说一粒灰尘在一根毛尖儿上，极言其微。此喻九

州之小。

〔9〕遨嬉:游戏。未云几:即未几——没有好久。"云"是语助词,略含"有"、"是"的意思。

〔10〕下:指下界——人间。此句喻时间的短促。

〔11〕夸夺子:也是假设的人名。夸,贪多;夺,强求。指读"古史"、"诗书",对"古道"、"古言"贪多强求的人,犹如说"书呆子"。

〔12〕坟:指典坟——古籍。这类人既然"生死文字间",坟典也就是他们的坟墓。万坟压巅,言其被埋葬在里面,出不来了。

〔13〕抱所见:抱着自己的所见。言其自以为是,而所见不大。

〔14〕白黑:即"黑白"的倒置,指"古道"、"古言"中的是非。

〔15〕九河:《尚书·禹贡》中说夏禹疏导了九河,九河的名称是:徒骇、太史、马颊、覆釜、胡苏、简、絜、钩盘、鬲津。这里借喻泪多。

〔16〕被:同"披"。骐驎:今写作"麒麟"。

马厌谷

马厌谷兮士不厌糠籺[1];土被文绣兮士无裋褐[2]。彼其得志兮不我虞[3];一朝失志兮其何如?已焉哉!嗟嗟乎鄙夫!

贞元十一年作。诗题"马厌谷"取诗首三字。魏仲举《五百家注音辩昌黎先生文集》樊汝霖注引刘向《新序》:"燕相得罪将出,召门下诸大夫曰:'有能从我出者乎?'大夫有进者曰:'凶年饥岁,士糟粕不厌,而君之犬马有馀谷粟;隆冬烈寒,士短褐不全,而君之台观帷帘锦绣,飘飘而弊。财者君之所轻,死者士之所重;君不能施君之所轻,而求得士之所重,不亦难乎?'燕相惭。"以为"篇意出此"。

〔1〕厌:这里读 yān,饱也。不厌,即吃不饱。糠籺:粗糙的食物。籺,音 hé。

〔2〕土:指墙壁。文绣:彩绘。裋褐:音 shù hè,粗布衣服;或作"短褐"。

〔3〕虞:忧虑。不我虞,即不虞我,把宾语置于动词的前面。

利剑

利剑光耿耿〔1〕,佩之使我无邪心〔2〕。故人念我寡徒侣〔3〕,持用赠我比知音。我心如冰剑如雪〔4〕,不能刺谗夫〔5〕,使我心腐剑锋折〔6〕。决云中断开青天〔7〕,噫!剑与我俱变化归黄泉〔8〕。

方成珪《昌黎先生诗文年谱》据陈少章说,定此诗为贞元十二年(公元796年)作,今从之。是年七月,宣武军乱,以董晋为节度使,辟韩愈得试秘书省校书郎,为宣武军观察推官。于时朝中廷争甚剧,德宗重用裴延龄而黜陆贽。此诗所云"谗夫",似有所指。这首诗格调高古,清代李宪乔批云:"古情古味古调,上凌楚骚,直接三百篇也。"近人程学恂《韩诗臆说》袭其语。诗末自伤,言人剑俱不得用,以至于想到死亡,多愤懑之情。

〔1〕耿耿:光辉烁烁的样子。古诗中常以此形容宝剑的光芒,如宋玉《大言赋》:"长剑耿耿倚天外。"

〔2〕无邪心:这里兼有"心不生邪"、"心不惧邪"之意。古人认为宝剑是用来镇邪除恶的,因之常以"胜邪"、"辟邪"等为剑名(方世举注引

《越绝书》、《古今注》)。

〔3〕寡徒侣:即少伙伴,缺少知心朋友。

〔4〕“我心”句:以冰喻心,谓心地纯洁、磊落;以雪喻剑,谓剑锋光亮、锐利。这正是上句“比知音”的形象描述。

〔5〕谗夫:专门造谣生事,讲别人坏话以求钻营的人。

〔6〕心腐:形容心中愤恨已极。《史记·刺客列传》:“此臣之日夜切齿腐心也。”司马贞《索隐》:“腐,亦烂也,犹今人事不可忍云‘腐烂’然,皆奋怒之意也。”

〔7〕决云:冲开云层。《庄子·说剑篇》:“上决浮云,下绝地纪。”后世亦有以“决云”作剑名者。

〔8〕古时把剑看作神化之物,因之亦善于“变化”。《晋书·张华传》:雷焕得丰城双剑,一与张华,一自佩。“华诛,失剑所在。焕卒,子华为州从事,持剑行经延平津,剑忽于腰间跃出堕水。使人没水取之,不见剑,但见两龙各长数丈,蟠萦有文章,没者惧而反。须臾,光彩照水,波浪惊沸,于是失剑。”

此日足可惜一首赠张籍

此日足可惜,此酒不可尝。舍酒去相语,共分一日光〔1〕。念昔未知子,孟君自南方〔2〕。自矜有所得,言子有文章。我名属相府〔3〕,欲往不得骧。思之不可见,百端在中肠。维时月魄死〔4〕,冬日朝在房。驱驰公事退,闻子适及墙。命车载之至,引坐于中堂。开怀听其说,往往副所望〔5〕。孔丘殁已远,仁义路久荒。纷纷百家起,诡怪相披猖〔6〕。长老守所闻,后生习为常。少知诚难得,纯粹古已亡[7]。譬彼植园木,有根易为长。留之不遣去[8],馆置城西旁[9]。岁时未云几,浩浩观湖湘[10]。众夫指之笑,谓我知不明[11]。儿童畏雷电,鱼鳖惊夜光。州家举进士,选试缪所当[12]。驰辞对我策[13],章句何炜煌[14]。相公朝服立[15],工席歌鹿鸣[16]。礼终乐亦阕[17],相拜送于庭。之子去须臾[18],赫赫流盛名。窃喜复窃叹,谅知有所成。人事安可恒,奄忽令我伤[19]。闻子高第日[20],正从相公丧[21]。哀情逢吉语,惝怳难为双[22]。暮宿偃师西,展转在空床。夜闻汴州乱[23],绕壁行徬徨。我时留妻子,仓卒不及将[24]。相见不复期[25],零落甘所丁[26]。骄女未绝乳,念之不能忘。忽如在我前,耳若闻啼声。中涂安得返[27],一日不可更。俄有东来说:我家免罹殃。乘船下汴水,东去趋彭城。从丧朝至洛,旋走不及停。假道经盟津[28],出入行涧冈。日西入军门,羸马颠且僵[29]。主人愿少留,延入陈壶觞。卑贱不敢辞,忽忽心如狂。饮食岂知味?丝竹徒轰轰。平明脱身去,决若惊凫翔[30]。黄昏次汜水[31],欲济无舟航[32]。号呼久乃至,夜济十里黄。中流上沙滩[33],沙水不可详[34]。惊波暗合沓[35],星宿争翻芒[36]。辕马蹢躅鸣,左右泣仆童[37]。甲午憩时门[38],临泉窥斗龙[39]。东南出陈许[40],陂泽平茫茫。道边草木花,红紫相低昂。百里不逢人,角角雉雊鸣[41]。行行二月暮,乃及徐南疆。下马步堤岸,上船拜吾兄。谁云经艰难,百口无夭横。仆射南阳公[42],宅我睢水阳[43]。箧中有馀衣[44]，盎中有馀粮[45]。闭门读书史，清风窗户凉。日念子来游，子岂知我情。别离未为久[46]，辛苦多所经。对食每不饱，共言无倦听。连延三十日，晨坐达五更。我友二三子，宦游在西京[47]。东野窥禹穴[48]，李翱观涛江[49]。萧条千万里，会合安可逢？淮之水舒舒[50]，楚山直丛丛[51]。子又舍我去，我怀焉所穷！男儿不再壮，百岁如风狂。高爵尚可求，无为守一乡[52]！

贞元十五年（公元799年）作。张籍字文昌，和州乌江（今安徽省和县）人，唐代重要诗人之一。他与王建齐名，在文学史上并称"张、王"；与元稹、白居易友善，而诗风各异。但他们都是中唐时代文学改革运动中的诗选手。清王士禛论诗："元白张王皆古意，不曾辛苦学妃豨。"于肯定中有贬辞。实际上他们的诗却是新意多于古意。张籍诗以乐府见长，为韩愈所赏，他与韩愈的关系密切，是属于"韩门"这一文学集团的重要作家。韩愈荐他做官，任水部员外郎，后为国子司业。有《张司业集》行世。《五百家注音辩昌黎先生文集》注云："公（韩愈）时在徐，籍往谒公，未几，辞去。公惜别，故作是诗以送之。"

〔1〕"舍酒"二句：去，一本作"须"，或以为应作"复"。徐震《韩集诠订》云："舍酒去相语，犹云舍去酒而相语耳。语意本明，无用穿凿为说。"按，徐说是。舍酒去，应上句"此酒不可尝"；相语，应首句"此日足可惜"；故下云"共分一日光"。

〔2〕孟君：指孟郊。韩愈之认识张籍，是由于孟郊的介绍。这句忆述，似指贞元四年韩愈劝孟郊北上时事。

〔3〕"我名"句：方世举注："董晋罢相后为宣武军节度，表公为观察

推官,故曰名属相府。”按,董晋以宣武军节度兼同中书门下平章事,故署称相府。

〔4〕“维时”句:维是发语词,无义。月魄死是一个月的月初。古人以朔日(一日)以后为“死霸”,望日(十五日)以后为“生霸”。霸,也写作“魄”,月无光的部分。

〔5〕副所望:言张籍所谈的和韩愈所希望的相合。副,相称。望,这里读 wáng,希望。

〔6〕韩愈的词汇“披猖”,即杜甫的词汇“飞扬跋扈”,两义相同。

〔7〕纯粹:犹如我们今天说的“精华”。

〔8〕留之:留下张籍。

〔9〕馆置:招待安置。

〔10〕“浩浩”句:喻张籍学问大进,成就也大。

〔11〕知不明:愚笨。知,读 zhì,通“智”;明,读 máng。

〔12〕“州家”二句:州家,州官。唐以前的进士是“选举”的,即通过地方政府的“举荐”,不同于宋以后的“科举”——考取。选试,谓选举、考试进士。缪,通“谬”;缪所当,犹如说不敢当,这是作者自谦的话。《五百家注音辩昌黎先生文集》引孙注:“汴州举进士,愈为考官。”

〔13〕“驰辞”句:驰辞,犹如说倚马万言。唐代进士试,须要做“策对”——政治论文。

〔14〕炜煌:光辉,喻文章之美。炜,音 wěi。

〔15〕相公:指董晋。

〔16〕“工席”句:工席,摆设酒筵。《诗经·小雅》有《鹿鸣》三章,以“呦呦鹿鸣,食野之苹。我有嘉宾,鼓瑟吹笙”起,以“我有旨酒,以燕乐嘉宾之心”结。《诗小序》说“此为燕群臣嘉宾之诗”。唐代选取了进士,在举行乡饮典礼中歌唱《鹿鸣》诗。以后相沿下来,到了清代,美称为“鹿鸣宴”。

〔17〕阕:音 què,奏乐毕。

〔18〕之子:这个人。仍指张籍。

〔19〕奄忽:迅速地,言时间过得很快,人的寿命很短。

〔20〕高第:高中、及第。

〔21〕正从相公丧:指是年二月董晋死,韩愈护丧归葬。

〔22〕"哀情"二句:哀情指"从相公丧",吉语指"闻子高第"。惝怳,音 chǎng huǎng,心不在、耳不闻的样子。《楚辞·远游》:"视倏忽而无见兮,听惝怳而无闻。"难为双:一本作"美难双",误。死了人办丧事还有什么"美"? 难为双指"哀情"中虽闻"吉语",但悲喜难以并存,所以"惝怳"如不闻——听不进去。

〔23〕汴州乱:指是年二月汴州兵变,杀死留后官陆长源、判官孟叔度事。这次兵变的过程是:董晋死了,行军司马陆长源代为宣武军节度使。照例,主帅死了要发布给兵士做孝服的,陆长源叫发钱以代替布。而孟叔度却压低布价,抬高盐价,这样一来,每人不过得盐二三斤。加上陆长源恃才傲物,一上台就要整军;孟叔度侮慢将士,一向为全军所恶,因此就触发了这一次兵变。韩愈有《汴州乱》诗二首,所谓"健儿争夸杀留后","诸侯咫尺不能救",都是纪实的。不过韩愈是站在唐王朝统治者的立场来看这一次兵变,他夸张地说"连屋累栋烧成灰",并指责"庙堂不肯用干戈"。

〔24〕仓卒:匆忙、急迫,今写作"仓促"。将:读 jiāng,携带、偕行。

〔25〕相见不复期:即不复期相见——不再希望相见。韩愈以为他的妻子也在兵变中被杀。

〔26〕零落:指孤身。甘所丁:甘愿受到这样的遭遇。丁,这里音、义俱同"当"。

〔27〕涂:同"途"。

〔28〕盟津:即孟津,今河南省孟县附近。

〔29〕羸马：瘦弱的马。羸，音 léi。

〔30〕決：这里读 xuè，很快地飞起。《庄子·逍遥游》"我決起而飞"，作者《雉带箭》"冲人決起百馀尺"，都是指鸟飞而言。惊凫：犹如说惊弓之鸟。凫，一名野鸭，是最机警的一种水鸟。

〔31〕次汜水：到达汜水。汜水在河南省荥阳县西。汜，音 sì。

〔32〕济：渡过。

〔33〕潬：音 dàn，也就是"滩"。各本或作"沙滩"，或作"滩潬"，无甚差别。

〔34〕不可详：言不知其多少、大小。

〔35〕"惊波"句：贾谊《旱云赋》："遂积聚而合沓。"合沓，复杂、重叠的意思。李白《九日登山》"连山似惊波，合沓出溟海"，是说山的复杂重叠；韩愈这句本李诗而写的是水，略有变化。

〔36〕翻芒：闪光。

〔37〕"辕马"二句：上句各本或作"马蹢躅鸣悲"，或作"马踯躅悲鸣"，或作"马乏复悲鸣"，意同。蹢躅，音 zhí zhú，即踌躇，停止不行的样子。这两句本屈原《离骚》"仆夫悲余马怀兮，蜷曲顾而不行"句意。

〔38〕"甲午"句：据洪兴祖《韩子年谱》，这甲午日是二月二十日。时门，郑州城门之一。

〔39〕"临泉"句：《左传》昭公十九年："郑大水，龙斗于时门之外洧渊。"前人如洪兴祖、何焯、洪亮吉及近人程学恂等，或以为这句是"想见其事"，或以为"用一故实趁韵"，或以为"奇而太过"，或以为"百忧中有此古兴"：因为此时此地，绝无斗龙的事。按，此句疑是指当时郑州有水患而言。

〔40〕陈许：陈州（今河南省淮阳县），许州（今河南省许昌市）。

〔41〕角角：读 gǔ gǔ，象声词，犹如"喔喔"、"咕咕"。雉：野鸡。雊：音 gòu，亦鸣也。

〔42〕仆射：官名，在唐代是宰相的职位。射，读 yè。南阳公：指张建封。张建封，字本立，贞元四年任徐州刺史、徐泗濠节度使，十二年加检校右仆射，守徐州共十年之久。他是兖州人，唐代的兖州在今山东滋阳，山东泰山以南在战国时代统称南阳，故称张为南阳公。

〔43〕"宅我"句：这里"宅"字是动词，宅我，安顿我住下。睢，音 suī，一般写作"濉"。这里指到了徐州，安定下来。贞元十六年作者《与孟东野书》里说："去年春，脱汴州之乱，幸不死，无所与归，遂来于此。主人与吾有故，哀其穷，居吾于符离睢上。"

〔44〕箧：音 qiè，箱子。

〔45〕盎：音 àng，瓦罐。

〔46〕"别离"句：张籍于贞元十四年冬入京，到十五年春，仅半年馀。

〔47〕西京：当时的首都长安。

〔48〕"东野"句：孟郊，字东野，时在越州（今浙江省绍兴市）。那里会稽山上有禹穴，传说是大禹治水时的居处，又说是大禹巡游至此死了的葬所。窥禹穴，喻其在越州。

〔49〕"李翱"句：李翱，字习之，也是"韩门"的文学之士，唐代重要的散文作家。涛江，指钱塘江潮。李翱《论性》文中有"南观涛江"语，当是在杭州。

〔50〕舒舒：形容水流平缓。

〔51〕丛丛：即族族，聚集的样子。《尚书大传·虞夏传》："卿云丛丛"，注："丛，一作族"。族，今写作"簇"。

〔52〕无为：不要。

龊龊

龊龊当世士，所忧在饥寒[1]，但见贱者悲，不闻贵者叹。大贤事业异[2],远抱非俗观,报国心皎洁,念时涕汍澜[3]。妖姬坐左右,柔指发哀弹。酒肴虽日陈,感激宁为欢[4]? 秋阴欺白日[5],泥潦不少干[6]。河堤决东郡[7],老弱随惊湍[8]。天意固有属,谁能诘其端[9]! 愿辱太守荐[10],得充谏诤[11]官。排云叫阊阖[12],披腹呈琅玕[13]。致君岂无术[14]? 自进诚独难[15]!

贞元十五年秋作,时初入张建封幕。题名"龊龊"(音 chuò),除一般以诗的首句二字作诗题的用法外,似有所刺。《史记·货殖列传》:"邹、鲁滨洙、泗,犹有周公遗风:俗好儒,备于礼,故其民龊龊。颇有桑麻之业,无林泽之饶,地小人众,俭啬,畏罪远邪。及衰,好贾趋利,甚于周人。"龊龊,谨小慎微的样子,也就是从好儒备礼流为好贾趋利的风气。韩愈客居徐州,正是"洙泗"之地,张建封原籍兖州,正是"邹鲁"之人,显然寓有讽谕。

〔1〕"所忧"句:《论语》孔子说:"君子忧道不忧贫。"此诗中"当世士"却"所忧在饥寒",非"龊龊"而何?

〔2〕大贤:作者自谓。顾嗣立注以为"'大贤事业异'至'感激宁为欢'八句,美太守也"。非是。

〔3〕汍澜:泪流不止的样子。汍:音 wán。

〔4〕感激:有感慨,受刺激。宁:读 nìng,岂、怎能的意思。

〔5〕"秋阴"句:《古诗》:"浮云蔽白日",以暗蔽明,喻邪侵正。这里"秋阴"应是秋天的阴云的意思。

〔6〕"泥潦"句:潦,音 lǎo,水多的样子。少,音义同"稍"。杜甫《秋雨叹》:"秋来未曾见白日,泥污后土何时干?"

〔7〕"河堤"句:东郡,今河南滑县一带。是年滑州黄河决堤,这一

带受到严重的水灾。

〔8〕“老弱”句:是说老弱者被淹死,尸体被冲走。湍,急流。

〔9〕诘其端:询问它的原由。

〔10〕太守:指张建封。

〔11〕谏诤:臣、子对君、父提意见、进劝告叫做谏;以生死争,如刘向《说苑·臣术》所说的“用则可生,不用则死,谓之诤。”

〔12〕阊阖:屈原《离骚》:“吾令帝阍开关兮,倚阊阖而望予。”王逸注:“阊阖,天门也。”这里借喻皇帝的宫门。

〔13〕披腹:犹如说剖心,喻知无不言,言无不尽。琅玕:美玉,喻忠言。

〔14〕“致君”句:致,引导的意思。术,指治术——政治设施、办法。这里与杜甫“致君尧舜上,再使风俗醇”同样怀抱。

〔15〕“自进”句:自进,指向皇帝自荐。独难,特难。这里韩愈对张建封留自己在幕府而不荐于朝廷有微辞。

鸣雁

嗷嗷鸣雁鸣且飞〔1〕,穷秋南去春北归,去寒就暖识所依。天长地阔栖息稀,风霜酸苦稻粱微〔2〕,羽毛摧落身不肥。徘徊反顾群侣违〔3〕,哀鸣欲下洲渚非〔4〕。江南水阔朔云多〔5〕,草长沙软无网罗。闲飞静集鸣相和,违忧怀息性非他〔6〕。凌风一举君谓何〔7〕!

贞元十五年秋作。这首诗是托雁以自喻,作者盖不满意于徐州幕府生活,决意离去。

〔1〕嗷嗷:象声词,形容雁鸣声。《诗经·小雅·鸿雁》:“鸿雁于飞,哀鸣嗷嗷。”毛传:“未得所安集,则嗷嗷然。”

〔2〕稻粱微:喻生活的口粮不足。杜甫《雁》:“自古稻粱多不足。”

〔3〕群侣违:喻同道的人不在一起。

〔4〕洲渚非:喻环境不好。

〔5〕“江南”句:朔云,或作“朝云”。按,朔指江的北面;此句是说:江南水阔,江北云多。俞樾《俞楼杂纂》:“‘朔’与‘南’相对成文,与上文‘穷秋南去春北归’并以‘南’‘北’对言,而义则有异。上言‘南’‘北’,据鸿雁春北秋南而言;此言‘南’‘朔’,则承‘江’字而言,言江之南水阔,江之北云多也。朱子以‘江南’连读,‘朔云’连读,遂不得其义。……”

〔6〕“违忧”句:是说避忧患求休息在这儿罢了,别无他情。息,或作“惠”,大概指张建封的“惠”而言。但韩愈在《与李翱书》里说:“仆于此岂以为大相知乎?累累随行,役役逐队,饥而食、饱而嬉者也(这是指张建封幕中的人物)。其所以止而不去者,以其心诚有爱于仆也(这是说张建封对他好)。然所爱于我者少,不知我者犹多。吾岂乐于此乎哉?然亦有所病而求息于此也(这就是‘怀息’的本意)。”他,读 tuó。

〔7〕凌风一举:凌风,驾风、乘风。《史记·留侯世家》:“鸿鹄高飞,一举千里。”这里喻即将离去。韩愈《与孟东野书》说到他在徐州“因被留以职事,默默在此,行一年矣。到今年秋,聊复辞去。江湖,余乐也。与足下终,幸矣。”

雉带箭

原头火烧静兀兀〔1〕,野雉畏鹰出复没〔2〕。将军欲以巧伏人，盘马弯弓惜不发[3]。地形渐窄观者多[4]，雉惊弓满劲箭加[5]。冲人决起百馀尺，红翎白镞随倾斜[6]。将军仰笑军吏贺，五色离披马前堕[7]。

贞元十五年在徐州随张建封射猎作。此诗不仅是用最经济的手法分合交错地写射者，写射技，写观射者，写被射物……而且暗示了作者的“诗法”，查晚晴所谓“以留取势，以快取胜”。评论韩诗的人，多以这首诗作为韩诗的范例之一。

〔1〕原头：原野上。火烧：“烧”字读 shào，与“火”字合为名词，是放起的火、为行猎而烧的火。兀兀：突出地；这里形容火光冲起，火势盛大。

〔2〕出复没：写野雉惊出又躲藏。语本梁武帝（萧衍）诗：“出没看飞翼。”一本作“伏欲没”，非。朱熹说：“雉出复没，而射者弯弓不肯轻发，正是形容持满命中之巧，毫厘不差处。改作‘伏欲’，神采索然矣！”

〔3〕“将军”二句：发，射出。顾嗣立说：“二句无限神情，无限顿挫。公（指韩愈）盖示人以运笔作文之法也。”程学恂说：“二语写射之妙，全在未射时。是能于空处得神。”

〔4〕“地形”句：写逐猎过程。用曹植《七启》：“人稠网密，地逼势胁。”

〔5〕加：加于雉身，即射中。

〔6〕翎：箭杆，以羽饰。镞：箭头。

〔7〕五色：形容雉的羽毛文采。离披：分散。

汴泗交流赠张仆射

汴泗交流郡城角[1]，筑场千步平如削[2]。短垣三面缭透迤[3]，击鼓腾腾树赤旗。新秋朝凉未见日，公早结束来何为[4]？分曹决胜约前定[5]，百马攒蹄近相映[6]。毬惊杖奋合且离，红牛缨绂黄金羁[7]。侧身转臂著马腹，霹雳应手神珠驰[8]。超遥散漫两闲暇[9]，挥霍纷纭争变化[10]。发难得巧意气粗[11]，欢声四合壮士呼。此诚习战非为剧，岂若安坐行良图[12]！当今忠臣不可得，公马莫走须杀贼[13]。

此亦贞元十五年秋于徐州张建封幕时作。如果说前诗韩愈是曲折隐晦地表示对张建封的不满，暗含讥刺，那么这首诗则对其常以打马毬游戏的行为，给予了直接、具体的批评。马毬，当时俗称"波罗毬"，系由波斯（今伊朗）传入我国，唐代上层社会皆爱好之，风行一时（曾有名画传世）。此诗以艺术手法，先极力描述走马击毬的壮观场景，而于结尾四句陡然一转，翻出本意——练兵习武，不要用在作乐上，而应用在杀贼上。全诗笔笔遒劲，使人意动神悚。与此诗同时，韩愈尚有《上张仆射谏击毬书》，中云："以击毬事谏执事者多矣！谏者不休，执事不止，此非为其乐不可舍、其谏不足听故哉？谏不足听者，辞不足感心也；乐不可舍者，患不能切身也。……"可为此诗注脚。

〔1〕汴泗交流：汴水在徐州之西，乃从河南荥阳附近受黄河支流之水，流经开封而来，至徐州注入泗水。泗水在徐州之南，源出山东蒙山，南流注入淮河。交，汇合的意思。

〔2〕筑场：修筑马毬场。

〔3〕"短垣"句：短垣，矮墙。缭逶迤，环绕不间断。

〔4〕结束：装束，收拾停当。

〔5〕分曹决胜：分为两队相等的人马进行比赛，决出胜负。《楚

辞·招魂》:“分曹并进。”朱熹注:“曹,偶也。”

〔6〕攒蹄:形容马跑得极快,四蹄好像聚拢一起。

〔7〕“红牛”句:形容马的装饰豪华,把长牛毛染成红色,制成马缨;用黄金制成马笼头。绂,音 fú,此指系缨的带子。

〔8〕“侧身”二句:极言马毬赛手技艺的高超。著马腹,身子贴在马肚子上,俗谓“镫里藏身”。霹雳,此指击毬声。珠,即所击之毬;谓之“神珠”,是说毬在场上被击来击去,变化多端。

〔9〕“超遥”句:是说击毬中有时人马散开,好像安静下来停止了争斗。这里荡开一笔,为下一回合的激烈争夺作铺垫。

〔10〕挥霍:疾速、敏捷。陆机《文赋》:“纷纭挥霍,形难为状。”

〔11〕发难得巧:在极艰难的情况下却巧妙地发挥出高超的击毬本领。难,读 nán。

〔12〕行良图:作好的打算。

〔13〕公马莫走:是劝告张建封不要让马再在毬场上奔跑了;因为“以之驰毬于场,荡摇其心腑,振挠其骨筋,气不及出入,走不及回旋,远者三四年,近者一二年,无全马矣,则毬之害于人也决矣。”(见《上张仆射谏击毬书》)

嗟哉董生行

淮水出桐柏山,东驰遥遥千里不能休[1]。淝水出其侧,不能千里[2]——百里入淮流。寿州属县有安丰[3],唐贞元时县人董生召南隐居行义于其中。刺史不能荐,天子不闻名声。爵禄不及门,门外惟有吏,日来征租更索钱。嗟哉董生,朝出耕，夜归读古人书，尽日不得息，或山于樵，或水于渔[4]。入厨具甘旨[5]，上堂问起居。父母不戚戚[6]，妻子不咨咨[7]。嗟哉董生孝且慈，人不识，惟有天翁知。生祥下瑞无休期：家有狗乳出求食[8]，鸡来哺其儿[9]，啄啄庭中拾虫蚁，哺之不食鸣声悲，傍徨踯躅久不去，以翼来覆待狗归。嗟哉董生，谁将与俦[10]？时之人，夫妻相虐，兄弟为仇，食君之禄而令父母愁。亦独何心？嗟哉董生无与俦！

贞元十五年或十六年作。董生名召南，亦作邵南，寿州人。方世举云："此诗云'刺史不能荐，天子不闻名声'，在董生未举之时。大抵徐州所作。徐与寿相近，故稔闻其行义如此。"韩愈文集中有《送董邵南序》，是后于此诗写的。那文是送董生出仕，这诗却赞美董生不仕，后先因朝政环境而说话不同。此诗句法，别具一格，如注〔2〕〔4〕〔10〕所指。

〔1〕"淮水"二句：有的本子点断作三句："淮水出桐柏，山东驰遥遥，千里不能休。"似误。

〔2〕不能千里，言淝水短小，与淮水之"千里不能休"对比。这里仍用"千里不能休"字样颠倒一下、削去一字，以显示其奇陡的句法。

〔3〕寿州：治所在今安徽寿县。安丰：在今安徽霍邱县西。

〔4〕或山于樵，或水于渔：两"于"字各本都作"而"字，惟方崧卿《韩集举正》作"于"。按，这两句原是"或樵于山，或渔于水"的错综句法，"于"字不误。

〔5〕甘旨：美好的食物——用以奉养父母。

〔6〕戚戚：心里忧愁。

〔7〕咨咨：叹息声。别本有作"羞羞"的，想是"嗟嗟"的误字。

〔8〕狗乳：哺乳期的母犬。

〔9〕“鸡来”句：“儿”指乳犬。《北史·孝异传》有犬豕同乳事，韩愈文集中有猫相乳事，都认为是“祥瑞”。这里鸡啄虫哺犬，更认为是“天翁”的“生祥下瑞”了。韩愈尽管辟佛、斥道，反对宗教迷信，但他对于生物界的某些现象，为他的知识所不能解释者，却仍归之于“上天不虚应，祸福各有随”（见《归彭城》诗）上去。

〔10〕与俦：和他对比、跟他相类。此句“谁将与俦”作问语；与末句“无与俦”作肯定语不同，可供玩味。

归彭城

天下兵又动〔1〕，太平竟何时！讦谟者谁子〔2〕？无乃失所宜。前年关中旱〔3〕，闾井多死饥。去岁东郡水〔4〕，生民为流尸。上天不虚应〔5〕，祸福各有随。我欲进短策，无由至彤墀〔6〕。刳肝以为纸，沥血以书辞〔7〕。上言陈尧舜，下言引龙夔〔8〕，言词多感激〔9〕，文字少葳蕤〔10〕。一读已自怪，再寻良自疑。食芹虽云美，献御固已痴〔11〕。缄封在骨髓〔12〕，耿耿空自奇。昨者到京师，屡陪高车驰〔13〕，周行多俊异〔14〕，议论无瑕疵〔15〕。见待颇异礼〔16〕，未能去毛皮〔17〕。到口不敢吐，徐徐俟其巇〔18〕。归来戎马间〔19〕，惊顾似羁雌〔20〕。连日或不语，终朝见相欺。乘闲辄骑马，茫茫诣空陂〔21〕。遇酒即酩酊〔22〕，君知我为谁〔23〕？

贞元十六年（公元800年）作。十五年冬，韩愈随张建封入朝，这时由京师归徐州(彭城)。

〔1〕“天下”句:指唐王朝对藩镇的战争。时彰义节度吴少诚据有申州(今河南信阳)、光州(今河南潢川)、蔡州(今河南汝南),自贞元十四年九月起,接连不断地掠寿州霍山,袭唐州(今河南唐河),攻临汝,围许州,至十五年十二月,在小溵水(在汝南)击溃了唐王朝的诸道讨伐军。十六年正月,德宗以韩全义为蔡州四面行营招讨使,统辖十七道兵以对付吴少诚。

〔2〕讦谟者:执政的人——指宰相。《诗经·大雅·抑》:“讦谟定命。”注:“讦,大;谟,谋。”讦谟,音 xū mó。

〔3〕“前年”句:指贞元十四年冬,京师一带无雪。

〔4〕“去岁”句:指贞元十五年滑州、郑州一带黄河决堤。

〔5〕应:应验。

〔6〕彤:红色。彤墀,犹如说“丹墀”,指皇帝殿阶,亦即喻在皇帝面前。

〔7〕“刳肝”两句:刳,音 kū,剖开;“沥”,音 lì,滴下。刳肝、沥血,喻效忠进言,犹如《龊龊》中的“披腹”。

〔8〕龙、夔:虞舜时的两个贤臣。

〔9〕感激:这里作感慨而激动解,指言辞的内容都是真情实言。

〔10〕葳蕤:音 wēi ruí,本义是草木茂盛的样子,这里喻文采。

〔11〕食芹、献御:《列子·杨朱》有这样一段寓言:宋国有个农民,因为衣服不能御寒,就在太阳下曝背,觉得很温暖。他想把晒太阳取暖的方法贡献给国主。别人告诉他一个故事:从前有一个人,他食芹,觉得是美味,他对领主说了,领主尝食一下,口腔、胃都不好受。……后来嵇康在《与山涛绝交书》中引用了这个寓言:“野人有快炙背而美芹子者,欲献之至尊,虽有区区之意,亦已疏矣!”

〔12〕“缄封”句:用董仲舒《贤良策》:“臧(藏)于骨髓。”缄封,紧闭

深藏之意。

〔13〕“屡陪”句:谓常与有权势的人往来。高车,代指达官贵人。

〔14〕周行:《诗经·周南·卷耳》:“置彼周行。”毛传:“置周之列位。”郑笺:“谓朝廷臣也。”

〔15〕瑕疵:白玉上有异色的纹点叫瑕,皮肤上有瘢叫疵。这里“无瑕疵”喻议论精当。

〔16〕见待:受到招待。异礼:特殊的礼遇,特别敬重。

〔17〕“未能”句:毛皮喻表面上的虚礼、客气。这句是说未能肝胆相投。所以下面说到想讲真话时“到口不敢吐”。

〔18〕巇:音 xī,本义为山险貌,这里作间隙解。

〔19〕“归来”句:作者以徐州节度推官身份朝京师,现在仍回到节度使署,故云。

〔20〕羁雌:孤鸟。谢灵运《晚出西射堂》:“羁雌恋旧侣,迷鸟怀故林。”李善注:“羁,无偶也。”这里借喻没有志同道合的人。

〔21〕诣:到达。陂:山旁。

〔22〕酩酊:音 mǐng dǐng,大醉。

〔23〕“君知”句:查晚晴云:“结语奇。连上数句读,觉公亦有不满于建封也。”

幽怀

幽怀不可写〔1〕,行此春江浔〔2〕。适与佳节会〔3〕,士女竞光阴。凝妆耀洲渚,繁吹荡人心〔4〕。间关林中鸟〔5〕,知时为和音〔6〕。岂无一樽酒?自酌还自吟。但悲时易失,四序迭相侵〔7〕。我歌《君子行》〔8〕,视古犹视今。

贞元十六年作。方世举云:“此诗编年无可明据,但以‘我歌《君子行》’揣之,或朝正归徐,春间所作。”

〔1〕写:是“泻”字的古写;泻,即除掉的意思。《诗经·邶风·泉水》:“驾言出游,以写我忧。”

〔2〕浔:水旁。

〔3〕会:逢、遇、碰到。

〔4〕吹:这里读 chuì,是名词,指音乐、歌唱。

〔5〕间关:象声词,形容鸟鸣声。《水经注》:“时禽异羽,翔集间关。”

〔6〕“知时”句:言鸟也知时,发出唱和的鸣声。知时应上“适与佳节会”,和音应上“繁吹荡人心”。此句别本作“亦知为和音”,意虽可通,但要说“亦知为和音”一定不误或胜于本句,却未必然。

〔7〕四序:春夏秋冬的顺序。

〔8〕《君子行》:古乐府名,属《相和歌辞·平调曲》。

海水

海水非不广,邓林岂无枝〔1〕?风波一荡薄〔2〕,鱼鸟不可依。海水饶大波〔3〕,邓林多惊风。岂无鱼与鸟?巨细各不同〔4〕。海有吞舟鲸〔5〕,邓有垂天鹏〔6〕,苟非鳞羽大,荡薄不可能。我鳞不盈寸,我羽不盈尺,一木有馀阴,一泉有馀泽。我将辞海水,濯鳞清泠池〔7〕;我将辞邓林,刷羽蒙笼枝〔8〕。海水非爱广〔9〕,邓林非爱枝,风波亦常事,鳞羽自不宜〔10〕。

我鳞日已大，我羽日已修〔11〕，风波无所苦，还作鲸鹏游〔12〕。

贞元十六年夏张建封死，作者离徐州后居洛阳时作。

〔1〕“邓林”句：邓林，古地名，在今河南与湖北交界的大别山附近。《山海经·海外北经》：“夸父与日逐走，入日。渴，欲得饮，饮于河、渭；河、渭不足，北饮大泽。未至，道渴而死。弃其杖，化为邓林。”这是一则著名的神话故事，不少古籍（如《淮南子》、《鹖冠子》、《列子》）中都曾引用，传说也有差异。韩愈这里似用《淮南子》注中所谓“其杖生木而成林”的说法，所以说“岂无枝”——怎能没有树木呢！

〔2〕荡薄：与“旁薄”、“旁魄”、“磅礴”等词同。这里是激荡的意思。

〔3〕饶大波：多有大浪涛。

〔4〕“巨细”句：谓鱼、鸟各有大小不同。大的鱼、鸟，不怕巨浪狂风；小的鱼、鸟，则禁受不住。陈沆《诗比兴笺》谓以上二句“喻世道之屯艰，人事之不测”，可助读者理解此诗含义。

〔5〕吞舟鲸：巨鲸可以吞舟。贾谊《吊屈原赋》：“彼寻常之污渎兮，岂容吞舟之鱼。”

〔6〕垂天鹏：传说中的大鹏。《庄子·逍遥游》：“北冥有鱼，其名为鲲。鲲之大，不知其几千里也。化而为鸟，其名为鹏。鹏之脊，不知其几千里也；怒而飞，其翼若垂天之云。”韩愈诗中鱼鸟、鲸鹏对举。

〔7〕濯鳞：此言鱼，冲洗鳞甲。清泠：清澈。泠，音 líng。

〔8〕“刷羽”句：谓鸟在茂密的树林中刷羽。蒙笼，形容树木繁茂。笼，通茏。张华《鹪鹩赋》：“翳荟蒙茏，此焉游集。”

〔9〕“海水”句：即“非爱海水广”。下句句式同此。

〔10〕“鳞羽”句：此处鳞羽当指小鱼小鸟。不宜，不能适应邓林和

海水的“风波”。从这里可看到前边所说“海水非爱广，邓林非爱枝”并非真情，实是因为自己“鳞羽”未巨未丰。

〔11〕修：长大。

〔12〕“还作”句：此诗最后才点明作者的本意，还是要像鲸鹏那样到海边遨游，到林中栖息。全篇用比，暗喻着宦海中的浮沉，政治上的格斗。作者并未被官场的倾轧吓倒，暂时的退避，却是为着将来的进取。

赠侯喜

吾党侯生字叔𧺆，呼我持竿钓温水〔1〕：平明鞭马出都门，尽日行行荆棘里。温水微茫绝又流〔2〕，深如车辙阔容辀〔3〕；虾蟆跳过雀儿浴，此纵有鱼何足求？我为侯生不能已，盘针擘粒投泥滓，晡时坚坐到黄昏〔4〕，手倦目劳方一起〔5〕。暂动还休未可期，虾行蛭渡似皆疑〔6〕。举竿引线忽有得，一寸才分鳞与鬐〔7〕。是日侯生与韩子，良久叹息相看悲。我今行事尽如此，此事正好为吾规。半世遑遑就举选〔8〕，一名始得红颜衰。人间事势岂不见？徒自辛苦终何为！便当提携妻与子，南入箕颍无还时〔9〕。叔𧺆君今气方锐，我言至切君勿嗤。君欲钓鱼须远去，大鱼岂肯居沮洳〔10〕！

贞元十七年（公元801年）七月作。侯喜字叔𧺆（起），是韩门弟子。

〔1〕温水：即河南西部的洛河。《易乾凿度》曰："王者有盛德之应，则洛水先温，故号温洛。"

〔2〕绝又流：忽断忽流，形容水小。绝，断。

〔3〕"深如"句：形容水浅，河面窄狭。辀，音 zhōu，车辕。

〔4〕晡时：申时——下午四时前后。晡，音 bū。

〔5〕一起：指钓竿一抽起，似有鱼吞饵。

〔6〕蛭：音 zhì，水蛭，俗叫蚂蝗。

〔7〕一寸：这里指鱼身的长度，极言其小。才分：只能区分的意思。鬐：同"鳍"。

〔8〕举选：即选举。就举选，指应试、服官。

〔9〕箕：山名；颍：水名。箕山、颍水均在河南登封，传说尧时有巢父许由隐于此，禹时伯益又隐于此。

〔10〕沮洳：音 jù rù，污秽的泥潭。

山石

山石荦确行径微〔1〕，黄昏到寺蝙蝠飞。升堂坐阶新雨足，芭蕉叶大支子肥〔2〕。僧言古壁佛画好，以火来照所见稀。铺床拂席置羹饭，疏粝亦足饱我饥〔3〕。夜深静卧百虫绝〔4〕，清月出岭光入扉。天明独去无道路，出入高下穷烟霏。山红涧碧纷烂熳，时见松枥皆十围〔5〕。当流赤足踏涧石，水声激激风吹衣。人生如此自可乐，岂必局束为人鞿〔6〕！嗟哉吾党二三子〔7〕，安得至老不更归〔8〕？

贞元十六年或十七年作。这首诗不是咏“山石”的，只是取首句首二字作为诗题。元好问有名的《论诗绝句》中曾提到“拈出退之山石句，始知渠是女郎诗”，渠（他）指宋诗人秦观，说秦观的诗如“有情芍药含春泪，无力蔷薇卧晚枝”之类是一种婀娜作态的美，终不及韩愈的诗如“山石荦确”的刚健美，男性的美。查晚晴以为此诗“写景无意不刻，无语不僻；取径无处不断，无意不转”。语虽夸饰，确也说出了韩愈诗创作方法上的特点。此诗全用“单行”，为七古散文化的典范。

〔1〕荦确：音 luò què，奇险高峻的样子。微：窄小。《诗经·豳风·七月》：“遵彼微行。”微行就是小路。

〔2〕支子：一本作“枝子”，即栀子，属茜草科的常绿灌木，夏天开白花，有浓烈的香味，是我国人民历来所喜爱的观赏植物。

〔3〕疏粝：小菜粗饭。一本作“粗粝”，意同。

〔4〕百虫绝：各种虫声停息了。

〔5〕枥：即栎树，俗称柞树，我国北方用以饲养野蚕。“围”是量度周长的单位名称，一围多大，其说不一：古书上有的说三寸，有的说五寸，有的说八尺，有的说直径一尺；而民间则以两手拇指食指相合一圈为一围。这里“十围”并非实指，只是泛言其树干的粗大。

〔6〕局束：局促、束缚。鞿，音 jī，马口条。《史记·灌夫列传》：“局趣（促）效辕下驹。”这里“局束为人鞿”即用其语。

〔7〕吾党：犹如说“我辈”。二三子，泛指复数，即几个人、诸位；这里似指同游者侯喜、李景兴、尉迟汾。

〔8〕不更归：当作不再归、不复归解。李宪乔说：“不更归，犹更不归也。”意亦相同。

苦寒

四时各平分[1],一气不可兼。隆寒夺春序[2],颛顼固不廉[3]。太昊弛维纲[4],畏避但守谦。遂令黄泉下,萌牙夭勾尖[5]。草木不复抽,百味失苦甜。凶飚搅宇宙[6],芒刃甚割砭[7]。日月虽云尊,不能活乌蟾[8]。羲和送日出[9],恇怯频窥觇[10]。炎帝持祝融[11],呵嘘不相炎[12]。而我当此时,恩光何由沾。肌肤生鳞甲[13],衣被如刀镰[14]。气寒鼻莫嗅[15],血冻指不拈[16]。浊醪沸入喉[17],口角如衔箝[18]。将持匕箸食[19],触指如排签。侵炉不觉暖[20],炽炭屡以添。探汤无所益[21],何况纩无缣[22]。虎豹僵穴中,蛟螭死幽潜。荧惑丧躔次[23],六龙冰脱髯[24]。芒砀大包内[25],生类恐尽歼[26]。啾啾窗间雀,不知已微纤。举头仰天鸣,所愿晷刻淹[27]。不如弹射死,却得亲炰燖[28]。鸾皇苟不存[29],尔固不在占[30]。其馀蠢动俦[31],俱死谁思嫌。伊我称最灵[32],不能女覆苫[33]。悲哀激愤叹,五藏难安恬[34]。中宵倚墙立,淫泪何渐渐[35]。天乎哀无辜[36],惠我下顾瞻。褰旒去耳纩[37],调和进梅盐[38]。贤能日登御[39],黜彼傲与憸[40]。生风吹死气,豁达如褰帘[41]。悬乳零落堕[42],晨光入前檐。雪霜顿销释,土脉膏且黏。岂徒兰蕙荣[43],施及艾与兼[44]。日萼行铄铄[45],风条坐襜襜[46]。天乎苟其能[47],吾死意亦厌[48]。

贞元十九年(公元803年)春任四门博士时作。这首诗隐刺权臣当国,朝廷失政。

〔1〕“四时”句:用宋玉《九辩》:“皇天平分四时兮。”四时,即四季。平分,平均划分。

〔2〕春序:春天时节。

〔3〕颛顼:音zhuān xū。我国神话,春、夏、秋、冬各有一帝司令;冬帝名颛顼。不廉:贪。这里指冬帝夺取了春帝的职权,管到春帝的范围来了。

〔4〕太昊:春帝名。昊,音hào。弛:音chí,松散。维纲:同义复词,犹如说纲纪。

〔5〕萌牙:今作萌芽,初生的草木。夭勾尖:夭死了刚出的(勾)、露头的(尖)新枝嫩叶。

〔6〕凶飚:暴风。

〔7〕“芒刃”句:是说凶飚甚于芒割刃砭。芒,通铓,刀锋。砭,这里叶韵读biān,刺。

〔8〕乌蟾:《淮南子·精神训》:“日中有踆乌,而月中有蟾蜍。”这里指地上的乌鸦、蛤蟆。

〔9〕羲和:神话中太阳的车夫。

〔10〕“恇怯”句:“恇”与“怯”同义,都是畏缩的意思。恇,音kuāng。窥觇,观望不前。觇,音zhān。

〔11〕炎帝:即夏帝,名祝融,后人尊为火神。这里以祝融代火,持祝融即拿着火。

〔12〕呵嘘:形容手冻,要呵气嘘暖。

〔13〕鳞甲:形容肌肤皱裂之状。

〔14〕刀镰:喻冷硬而薄。

〔15〕鼻莫嗅:言冷得伤风鼻塞,嗅觉不灵。

〔16〕指不拈:因为血冻,手指僵了,拈不拢。

〔17〕浊醪:即酒。醪,音 láo。

〔18〕衔箝:形容冻得嘴皮麻木,开合困难。

〔19〕匕、箸:勺子、筷子。

〔20〕侵炉:逼近火炉。

〔21〕探汤:手足放进热水中。

〔22〕纩:音 kuàng,是棉絮;缣:音 jiān,是丝帛。这里统言被褥。

〔23〕"荧惑"句:荧惑,火星。躔次:这里指星球运行所经历的轨迹。躔,音 chán,原指兽的足迹。

〔24〕冰:这里当动词用,读 bǐng;也可读 níng,即"凝"。冰脱,冻掉的意思。

〔25〕芒砀:同茫荡,大也。大包:犹如说天下。

〔26〕生类:一切有生物。

〔27〕晷刻淹:犹如说快点死。晷是日影;刻指时间;淹,淹化——死。

〔28〕炰燖:火烤汤煮,言其得暖。炰同炮;燖,音 xín。

〔29〕苟:这里作尚且讲。

〔30〕"尔固"句:尔,指雀。不在占,犹如说不算数。合上句用《左传》庄公二十二年:"懿氏卜妻敬仲,其妻占之曰:'吉!是谓凤凰于飞,和鸣锵锵。'"今雀之啾啾,故不在占。

〔31〕蠢动俦:指虫介之类。

〔32〕伊我:伊似指凤凰,它是鸟类之王,是灵鸟;我指万物之灵的人类。或伊为发语之辞,伊我单指人类。两义皆可通。

〔33〕女覆苫:即覆苫女的倒置。女,汝,指雀。覆苫,遮盖、保护。含有置汝于衽席之上、安全之地的意思。

〔34〕五藏：五脏。

〔35〕渐渐：这里读 jiān jiān，形容流水。刘向《九叹·忧苦》："留思北顾，涕渐渐兮。"

〔36〕天乎：别本或作"天王"、或作"天子"。顾嗣立注引胡渭说："天乎者，疾痛之呼也。《礼记》：'子夏曰：天乎，予之无罪也。'《史记》：'将闾仰天大呼曰：天乎吾无罪！'"按，证以下文"天乎苟其能"，两呼有意重复，这里作"天乎"是。

〔37〕"褰旒"句：褰，音 qiān，拉起。旒，冕旒——冠前垂布。耳纩，棉耳罩。这句是说天暖不用戴风帽、耳罩。语本《汉书》"冕而前旒，所以蔽明；黈纩充耳，所以塞聪"，现在褰旒去纩，目明耳聪，喻皇帝不受人蒙蔽。语双关，词闪烁，意隐微。

〔38〕"调和"句：隐言希望朝廷引用贤相。梅盐，味备酸咸，调味物。《尚书·说命》：殷高宗对傅说说："若作和羹，尔惟盐梅。"傅说是高宗的政治助手，略同于后世的首相，故后人用梅盐喻宰相，起"调和鼎鼐"的作用。

〔39〕登御：起用。

〔40〕黜：罢斥。憸：音 xiān，指憸人——不正之人。

〔41〕豁达：性格开朗；气量大。《史记·高祖本纪》："高祖豁达大度。"

〔42〕悬乳：形容帘下垂着的冰条。

〔43〕荣：茂盛。

〔44〕蒹：芦苇。

〔45〕日萼：太阳光下的花萼。铄铄：光辉。

〔46〕风条：风飘起的衣带。襜襜，音 yán yán，衣裳摇动的样子。刘向《九叹·逢纷》："裳襜襜以含风兮。"

〔47〕"天乎"句：是设想、期望之意。这里"苟"作如果、倘是解。

〔48〕“吾死”句:厌,音、义和《马厌谷》的厌字一样,这里是满足的意思。何焯云:“结(结句)祖老杜《茅屋为秋风所破歌》句法。”王元启亦云:“杜甫诗‘安得广厦千万间,大庇天下寒士俱欢颜?呜呼何时眼前突兀见此屋?吾庐独破受冻死亦足!’此诗卒章与之同意。”按自“天乎哀无辜”,至“风条坐襜襜”,都是理想、假想,最后“天乎苟其能,吾死意亦厌”,才愤慨这是做不到的事。

落齿

去年落一牙,今年落一齿;俄然落六七,落势殊未已。馀存皆动摇,尽落应始止。忆初落一时,但念豁可耻〔1〕;及至落二三,始忧衰即死。每一将落时,懔懔恒在已〔2〕,叉牙妨食物〔3〕,颠倒怯漱水;终焉舍我落,意与崩山比。今来落既熟〔4〕,见落空相似。馀存二十馀,次第知落矣。倘常岁落一,自足支两纪〔5〕。如其落并空,与渐亦同指〔6〕。人言齿之落,寿命理难恃;我言生有涯〔7〕,长短俱死尔!人言齿之豁,左右惊谛视〔8〕;我言庄周云:木雁各有喜〔9〕。语讹默固好〔10〕,嚼废软还美〔11〕。因歌遂成诗,持用诧妻子〔12〕。

贞元十九年作,时三十六岁。作者的身体是较早衰的,他在《祭十二郎文》中说:“吾年未四十,而视茫茫,而发苍苍,而齿牙动摇。”《与崔群书》中也提起:“近者尤衰惫,左车第二牙无故动摇脱去,目视昏花,寻常间便不分人颜色,两鬓半白,头发五分亦白其一,须亦有一茎两茎白者。”但在这首诗中却表现了达观的态度和倔强的精神。

这种以身边琐事为题材的诗，陶渊明、杜甫是能手。韩愈虽是向前人学步，却有他自己的风格。查慎行说："曲折写来，只如白话。"朱彝尊说："真率意，道得痛快，正是昌黎本色。"

〔1〕豁：开通。这里指缺牙处。

〔2〕懔懔：恐惧。

〔3〕叉牙：即"杈枒"，不整齐。

〔4〕今来：犹如说近来、到现在。熟：习惯。

〔5〕两纪：古代纪年以十二年为一纪。韩愈是年三十六岁，说再过两纪是假设活到六十岁的话。

〔6〕澌：这里作将死解。指：指归、方向。

〔7〕生有涯：《庄子·养生主》："吾生也有涯，而知也无涯。"生，生命；涯，止境。

〔8〕谛视：审视、细看。

〔9〕"木雁"句：《庄子·山木》："庄子行于山中，见大木(大树)，枝叶盛茂，伐木者止其旁而不取也。问其故，曰：'无所可用。'庄子曰：'此木以不材得终其天年。'夫子(庄子)出于山，舍(投宿)于故人之家。故人喜，命竖子(童仆)杀雁而烹之。竖子请曰：'其一能鸣，其一不能鸣，请奚杀(杀哪一只)？'主人曰：'杀不能鸣者！'明日，弟子问于庄子曰：'昨日山中之木，以不材得终其天年；今日主人之雁，以不材死。先生将何处？'庄子笑曰：'周将处乎材与不材之间。'"所谓"各有喜"，韩愈本庄子"彼亦一是非，此亦一是非"的话翻作"彼亦是一是，此亦是一是"——各得其乐，喻有牙有有牙的好处，无牙有无牙的好处。但这里似偏喻无牙的好处。下面两句，也是偏说没有牙的好处。

〔10〕"语讹"句：没有牙齿说话会"语讹"——语音不正，那么，沉默正好。

〔11〕"嚼废"句：嚼，能嚼食物的牙；软，指柔软的舌。是说牙齿没

有了，舌头还是好的。即作者《赴江陵途中寄赠王二十补阙、李十一拾遗、李二十六员外翰林三学士》“自从齿牙缺，始慕舌为柔”的意思。这里用刘向《说苑·敬慎》：“老子曰：‘夫舌之存也，岂非以其柔邪？齿之亡也，岂非以其刚邪？’”本《老子》“人之生也柔弱，其死也坚强；万物草木之生也柔脆，其死也枯槁。故坚强者死之徒，柔弱者生之徒”的“贵柔”之义。韩愈以借用老、庄的话解嘲，并非祖述道家之旨。

〔12〕“持用”句：拿这歌诗来告诉妻子。诧，告诉，含有夸、嘲的意思。

湘中

猿愁鱼踊水翻波〔1〕，自古流传是汨罗〔2〕。蘋藻满盘无处奠〔3〕，空闻渔父叩舷歌〔4〕。

贞元二十年（公元804年）春作。十九年冬，韩愈做了监察御史，因看到“宫市”的扰民、大旱灾饿死人，就上书德宗，请罢宫市、救灾民、减轻赋税。于是触怒了皇帝，同时并受到王伾、王叔文党的排挤，被贬为阳山（今广东省阳山县）令。十二月离京。这时在湘江旅途中。

〔1〕踊：跳跃。

〔2〕汨罗：江名。说“自古流传”，指屈原在这儿投水，这条江因而出名。作者《祭河南张员外文》：“南上湖水，屈子所沉。”

〔3〕蘋、藻：都是水中植物，屈原辞中屡见。此诗写楚地，吊楚贤，所以用《楚辞》词汇。

〔4〕“空闻”句：屈原辞中有《渔父》一篇，那渔父劝屈原：“夫圣人者，不凝于物而能与世推移。举世混浊，何不随其流而扬其波？众人皆醉，何不餔其糟而啜其醨？何故怀瑾握瑜而自令见放为？”韩愈也是被放逐，所以借古人的酒杯，来浇他胸中的块垒，《渔父》篇最后是“渔父莞尔而笑，鼓枻而去。”王逸注：“鼓枻，叩船舷也。”舷，船边。

贞女峡

江盘峡束春湍豪〔1〕，雷风战斗鱼龙逃〔2〕。悬流轰轰射水府〔3〕，一泻百里翻云涛。漂船摆石〔4〕万瓦裂，咫尺性命轻鸿毛〔5〕。

贞元二十年春赴阳山途经桂阳时作。《水经注》：“洭水又东南流，峤水注之。水出都峤之溪，溪水下流，历峡南出，是峡谓之贞女峡。峡西岸高岩名贞女山，山下际有石，如人形，高七尺，状如女子，故名贞女峡。古来相传有数女取螺于此，遇风雨昼晦，忽化为石。”此诗笔力浑厚，想象奇崛，朱彝尊谓“起似长吉”；岂仅“起似”，通首均可与李贺的名篇相敌，而文从字顺胜之。

〔1〕春湍豪：春来峡水高涨，奔流湍急，气势豪迈。

〔2〕雷风战斗：形容江水翻腾，声震峡谷，有如风雷相搏击。

〔3〕悬流：不是指瀑布，而是说峡谷很陡，谷水从上流下，状若悬空。《水经注》：“崩浪万寻，悬流千尺。”水府：此指水流之深处。

〔4〕漂船：即《水经注》所谓“水流迅急，破害舟船”的意思。摆石：移动大石。

〔5〕“咫尺”句：由于水势汹涌，行舟水上，咫尺（指距离之近，兼指很短的时间）都会令人丧生。

答张十一功曹

山静江空水见沙，哀猿啼处两三家。筼筜竞长纤纤笋[1]，踯躅闲开艳艳花[2]。未报恩波知死所[3]，莫令炎瘴送生涯[4]。吟君诗罢看双鬓，斗觉霜毛一半加[5]。

贞元二十年在阳山作。张十一功曹，名署，河间人。十一是他的排行。功曹，官名，即功曹参军的简称，是一府的辅佐官，主管祭祀、礼乐、学校、选举、表疏、考绩等事。张署与韩愈同于贞元十九年被贬——韩愈贬阳山令，张署贬临武（今湖南省内）令。贞元二十一年同遇赦并同移江陵府——韩愈为法曹参军，张署为功曹参军，那是后来的事。这时两人各在阳山、临武任所，尚未遇赦，张署自临武寄诗，韩愈在阳山答诗。这当是《祭河南张员外文》中所谓“余唱君和，百篇在吟”之一。题下“功曹”二字，钱仲联《韩昌黎诗系年集释》删去，说“疑是李汉编集时所加”。惟各本俱有，姑仍其旧。

〔1〕筼筜：音 yún dāng，丛竹。

〔2〕踯躅：音 zhí zhú，即羊踯躅，落叶灌木，初夏开花。又名黄杜鹃、羊不食草——羊踯躅因此得名。

〔3〕恩波：犹恩泽。

〔4〕莫令：莫教、莫使。令，读 líng，平声。炎瘴：指南边炎热瘴疠之地。

〔5〕斗觉：突然发觉。“斗”即后来的“陡”，这字眼在唐宋人诗词中

惯用；韩诗中数见，如“扁舟斗转疾如飞”、“况当江阔处，斗起势匪渐”。任子渊云：“斗觉，诗中健语也。”其实是那时的口语。

附：张署《赠韩退之》诗

九疑峰畔二江前，恋阙思乡日抵年。白简趋朝曾并命，苍梧左宦亦联翩。鲛人远泛渔舟火，鹏鸟闲飞雾里天。涣汗几时流率土？扁舟直下共归田。

闻梨花发赠刘师命

桃蹊惆怅不能过〔1〕，红艳纷纷落地多。闻道郭西千树雪，欲将君去醉如何〔2〕？

贞元二十一年（公元805年）正月作（贞元二十一年和永贞元年同是一年，七月以前，仍称贞元，八月始改元永贞），另一首《梨花下赠刘师命》有“共惊烂熳开正月”可证。刘师命是当时韩愈在阳山所识的朋友或来投的宾客。

〔1〕桃蹊：或作“桃溪”，非是。《史记·李将军列传》：“桃李不言，下自成蹊。”是说人们在桃李下走成了路径。怊怅：音 chāo chàng，悲伤失意的样子。各本多作“怅惘”，意同。此据《五百家注音辩昌黎先生文集》作“怊怅”。韩诗语汇，爱用怊怅，如后面《寒食日出游夜归，张十一院长见示病中忆花九篇，因此投赠》“走马城西怊怅归”，《杏花》“今旦胡为忽怊怅”均然。过：读 guō，平声。有蹊而不能过，是因为“红艳纷纷落

地多”,不忍践踏,未免怊怅。

〔2〕将:这里作偕同解。

八月十五夜赠张功曹

纤云四卷天无河〔1〕,清风吹空月舒波〔2〕。沙平水息声影绝,一杯相属君当歌〔3〕。君歌声酸辞且苦,不能听终泪如雨。“洞庭连天九疑高〔4〕,蛟龙出没猩鼯号〔5〕。十生九死到官所,幽居默默如藏逃。下床畏蛇食畏药〔6〕,海气湿蛰熏腥臊。昨者州前搥大鼓〔7〕,嗣皇继圣登夔皋〔8〕。赦书一日行万里,罪从大辟皆除死〔9〕。迁者追回流者还〔10〕,涤瑕荡垢清朝班。州家申名使家抑〔11〕,坎轲只得移荆蛮〔12〕。判司官卑不堪说〔13〕,未免捶楚尘埃间〔14〕。同时辈流多上道,天路幽险难追攀〔15〕。”君歌且休听我歌,我歌今与君殊科〔16〕。一年月明今宵多,人生由命非由他〔17〕,有酒不饮奈明何〔18〕!

永贞元年在郴州作。这时顺宗退居为太上皇,宪宗继位。韩愈和张署在顺宗即位后就遇赦调职江陵,他们在郴州逗留了一些时候,这时又得到宪宗即位的消息,不消说又有许多人免罪的免罪,调职的调职,升官的升官。眼看着“同时辈流多上道”了,而韩愈和张署却没有得到新的任命,觉得“天路幽险难追攀”。这诗中段虽是综述张署诗意,但也同是韩愈的遭遇,韩愈的感慨。

〔1〕天无河：谓天上不显出银河。意指万里无云，一片光辉，故而银河不显。

〔2〕月舒波：月亮展开光辉。“波”指月光，《汉书·郊祀歌》：“月穆穆以金波。”

〔3〕相属：即相祝——以酒相祝，劝饮的意思。

〔4〕“洞庭”句：从这句起到“天路幽险难追攀”止，系转述张署歌辞语意。九疑，山名，在湖南省东南部。

〔5〕猩鼯号：猩指猿猴；鼯，音 wú，飞鼠；号，读 háo。屈原《涉江》写湖南的深山大泽：“乃猿鼯之所居。”以上两句，作者在《祭河南张员外文》中同样有“洞庭漫汗，粘天无壁。风涛相豗，中作霹雳。……山哀浦思，鸟兽叫音”的描述。

〔6〕食畏药：谓饮食时防中毒。韩愈、张署，都是北方人，不习惯南方的食物，因有偏见，故而写得这样的可怕。

〔7〕州前捶大鼓：唐制：州署奉到赦令，于赦日击鼓召集官吏、百姓、囚犯宣布其事。

〔8〕“嗣皇”句：嗣皇，承继皇帝的人，指宪宗。登，任用。夔，帝尧时的贤臣；皋，即皋陶，帝舜时的贤臣。这句是说宪宗即位之初，任用贤臣。（参看《赴江陵途中寄赠王二十补阙、李十一拾遗、李二十六员外翰林三学士》“复闻颠夭辈，峨冠进鸿畴”等句注。）

〔9〕“罪从”句：是说犯罪的自大辟以下一律免死刑。大辟，杀头——死刑。

〔10〕“迁者”句：迁，贬官；流，充军。这句总括大赦的若干措施。《顺宗实录》：赦罪的“诸色人中，有才行兼茂、明于理体者，经术精深、可为师法者，达于吏理、可使从政者，宜委常参官各举所知；其在外者，长吏精加访择，具名闻奏，仍优礼发遣。”因此，韩愈、张署都已被追还。这里却写在宪宗即位之后，是综错着又一次新皇登极的赦旨而言。参看《赴

江陵途中寄赠王二十补阙、李十一拾遗、李二十六员外翰林三学士》“前日遇恩赦，私心喜还忧”是一回事，“昨者京使至，嗣皇传冕旒”又是一回事。

〔11〕“州家”句：州家、使家，均当时百姓对于州官、观察使的称呼，这是唐代口语。申名，提名。抑，压下。这句是说州官申请提升他们，但被湖南观察使压下了。

〔12〕坎轲：即坎坷、轗轲。坎坷本义是地不平，轗轲本义是车行不顺利，这里借喻由于被“使家抑”而不得志。荆蛮：指江陵。

〔13〕判司：判官、司功，即法曹参军、功曹参军一类的官职。

〔14〕捶楚：谓受捶楚——杖刑、鞭刑。唐制：“判司”是“卑官”，有过失即受鞭杖；杜甫《送高三十五书记十五韵》诗：“脱身簿尉中，始与捶楚辞”可为前例，杜牧《赠小侄阿宜》诗：“参军与簿尉，尘土惊劻勷，一语不中治，鞭笞身满疮”可作后证。

〔15〕天路：喻上朝廷。

〔16〕殊科：不同样。朱熹云：“此言张之歌词酸苦，而己直归之于命，盖反骚之意。”这句或作“我今与君岂殊科”，于诗意似未合。

〔17〕他：指其他；古音读 tuó。

〔18〕奈明何：明，指明朝，即明朝奈何！应上“今宵”。蒋之翘注：“此‘明’字似不成句，当作‘月’。”后人多从之以“明”字作明月解，似未当。结尾三句是愤慨语。

赴江陵途中寄赠王二十补阙、李十一拾遗、李二十六员外翰林三学士

孤臣昔放逐〔1〕，泣血追愆尤〔2〕。汗漫不省识〔3〕，恍如乘桴

浮[4]。或自疑上疏，上疏岂其由[5]？是年京师旱，田亩少所收。上怜民无食，兵赋半已休。有司恤经费，未免烦征求。富者既云急，贫者固已流[6]。传闻闾里间，赤子弃渠沟[7]。持男易斗粟[8]，掉臂莫肯酬[9]。我时出衢路，饿者何其稠[10]！亲逢道死者，伫立久咿嚘[11]；归舍不能食，有如鱼挂钩。适会除御史[12]，诚当得言秋；拜疏移阁门[13]，为忠宁自谋！上陈人疾苦，无令绝其喉；下言畿甸内[14]，根本理宜优；积雪验丰熟，幸宽待蚕辨[15]。天子恻然感，司空叹绸缪[16]。谓言即施设，乃反迁炎州[17]。同官尽才俊，偏善柳与刘[18]。或虑语言泄[19]，传之落冤仇。二子不宜尔，将疑断还不[20]。中使临门遣[21]，顷刻不得留。病妹卧床褥，分知隔明幽；悲啼乞就别，百请不颔头[22]。弱妻抱稚子，出拜忘惭羞。僶俛不回顾[23]，行行诣连州。朝为青云士[24]，暮作白首囚[25]。商山季冬月[26]，冰冻绝行辀[27]。春风洞庭浪，出没惊孤舟。逾岭到任所[28]，低头奉君侯[29]。酸寒何足道，随事生疮疣。远地触涂异[30]，吏民似猿猴。生狞知忿很[31]，辞舌纷嘲啁[32]。白日屋檐下，双鸣斗鸺鹠[33]。有蛇类两首[34]，有虫群飞游。穷冬或摇扇，盛夏或重裘。飓起最可畏，訇哮簸陵丘[35]。雷霆助光怪，气象难比侔[36]。疠疫忽潜遘，十家无一瘳。猜嫌动置毒[37]，对案辄怀愁[38]。前日遇恩赦[39]，私心喜还忧。果然又羁絷[40]，不得动锄耰。此府雄且大[41]，腾凌尽戈矛[42]。栖栖法曹掾[43]，何处事卑陬[44]。生平企仁义[45]，所学皆孔周[46]。

早知大理官[47]，不列三后俦[48]。何况亲犴狱[49]，敲搒发奸偷[50]。悬知失事势[51]，恐自罹罝罘[52]。湘水清且急，凉风日修修[53]。胡为首归路[54]，旅泊尚夷犹[55]？昨者京使至，嗣皇传冕旒[56]。赫然下明诏，首罪诛共兜[57]。复闻颠夭辈[58]，峨冠进鸿畴[59]。班行再肃穆，璜佩鸣琅璆[60]。伫继贞观烈[61]，边封脱兜鍪[62]。三贤推侍从[63]，卓荦倾枚邹[64]。高议参造化，清文焕皇猷[65]。同心辅齐圣[66]，致理同毛輶[67]。小雅咏鹿鸣[68]，食苹贵呦呦[69]。遗风邈不嗣[70]，岂忆尝同裯[71]。失志早衰换[72]，前期拟蜉蝣[73]。自从齿牙缺，始慕舌为柔[74]。因疾鼻又塞，渐能等薰莸[75]。深思罢官去，毕命依松楸[76]。空怀焉能果[77]？但见岁已遒[78]。商汤闵禽兽[79]，解网祝蛛蝥[80]。雷焕掘宝剑，冤气销斗牛[81]。兹道诚可尚，谁能借前筹[82]？殷勤谢朋友[83]，明月非暗投[84]。

永贞元年秋作。王涯，字广津，时任翰林学士、右拾遗左补阙；李建，字杓直，时任右拾遗翰林学士；李程，字表臣，时已罢学士，任员外郎。二十、十一、二十六，是各人的排行。题云“赴江陵途中”，是就由阳山赴江陵来说，其实似尚迟留郴州。因为得到了宪宗即位的新讯，韩愈就想通过在朝朋友的关系，获得新的调遣，因此“旅泊尚夷犹”，希望“明月非暗投”。细读本诗后段可知。这首诗，体是叙事，而旨在请托，前三段叙事是“画龙”，“点睛”在末段之末。

〔1〕孤臣：失掉父亲的人叫做孤子，受到放逐、离开皇帝的臣便叫孤臣。《孟子》：“独孤臣孽子，其操心也危，其虑患也深。”这里作者以孤

臣自称。

〔2〕“泣血”句:《礼记·檀弓》:“高子皋之执亲之丧也,泣血三年。”后来儒家的丧礼,凡人子居父母之丧者都写“泣血稽首”。上句用“孤臣”,这里用“泣血”,原是含有居皇帝之丧的意思。——韩愈被贬未久,德宗(李适)死了;这时顺宗(李诵)又死了。追愆尤:追想自己的过失。

〔3〕汗漫:不可知,犹如说渺茫。语出《淮南子·道应训》:“吾与汗漫期于九垓之外,吾不可以久住。”参看后面《调张籍》诗中“腾身跨汗漫”句注。不过此是虚用,那是实用,略有不同。

〔4〕乘桴浮:桴,木筏。这里用《论语·公冶长》孔子说的“道不行,乘桴浮于海”句意。

〔5〕由:原因。

〔6〕流:流亡。

〔7〕“赤子”句:赤子,百姓、人民。弃,抛弃在、死亡在。渠,灌田的水道;沟,护城河。这里用《孟子》“老弱转乎沟渎”和《荀子》“是其所以不免于冻饿,操瓢囊,为沟壑中瘠者也”。

〔8〕“持男”句:拿男孩子来换一斗粮食。斢,一般写作“斗”。

〔9〕“掉臂”句:《史记》:“掉臂而不顾。”掉臂是挥手的样子。莫肯酬,没人肯给。

〔10〕稠:多。

〔11〕咿嚘:悲叹声。

〔12〕“适会”句:适会,恰当。除,拜官。当时——贞元十九年——韩愈由四门博士调升监察御史。

〔13〕阁门:殿的旁门。唐制设东上阁门、西上阁门,是御史们送呈奏章的地方。

〔14〕畿甸:这里当指首都。韩愈上疏曾专论“宫市”之害。

〔15〕 麰:音 móu,麦子。

〔16〕“司空”句:司空指当时执政的杜佑。按,杜佑于贞元十九年三月任检校司空、同平章事。绸缪,本义是缠、结;这里用《诗经·豳风·鸱鸮》“迨天之未阴雨,彻彼桑土,绸缪牖户”,作未雨绸缪解,喻事先布置、防备。这句是说执政者很叹赏韩愈的先见。

〔17〕 迁炎州:迁,贬官、降职。炎州,南方。此指被贬为阳山令事。

〔18〕“偏善”句:柳宗元、刘禹锡,当时与韩愈同官监察御史。韩愈在同官中,比较和他们友好。

〔19〕“或虑”句:这里与前面“或自疑上疏”呼应。上疏既不是遭贬的唯一原因,那么,就是有另外的原因在:韩愈怀疑柳宗元、刘禹锡泄露了他平日某些语言。原来当时柳、刘是属于王伾、王叔文这一政治集团的人,韩愈是反对王伾、王叔文的。德宗末,二王是太子(李诵)的亲信,他们的潜势力很大。这里的“语言”,当指不满意王叔文辈的话。

〔20〕“将疑”句:是说不能断定。不,通“否”。以上第一段,追叙遭贬之由。

〔21〕 中使:皇帝派来的使臣。

〔22〕 颔头:点头——允许。

〔23〕 僶俛:音 mǐn miǎn,勉强。

〔24〕 青云士:地位高、德高的人。《史记·范雎蔡泽列传》,须贾对范雎说“贾不意君能自致于青云之上”;又《伯夷列传》:“闾巷之士,欲砥行立名者,非附青云之士,恶能施于后世哉?”

〔25〕 白首:这里指着白衣冠——罪人的服装。又可作白身——平民——解。

〔26〕 商山:地名,在陕西商县。季冬月:旧历十二月。

〔27〕 辀:音 zhōu,本义是小车居中的弯曲车杠,这里代指车。

〔28〕 逾岭:过大庾岭。

〔29〕君侯:刺史的尊称。

〔30〕触涂:沿途、所经之处。涂,通“途”。

〔31〕忿很:好争好斗。

〔32〕嘲啁:鸟声;这里喻语言听不懂。

〔33〕鸺鹠:音 xiū liú,即鸱鸮,传说中的不祥之鸟。

〔34〕“有蛇”句:类,像。传说中有“两头蛇”,看见它就是死的预兆。

〔35〕訇哮:大风声。訇,音 hōng。簸陵丘:振动山岗。

〔36〕比侔:犹如说比拟。侔、比同义。

〔37〕“猜嫌”句:是说彼此有猜忌、有仇怨,动辄放毒——即所谓放蛊。以上把五岭以南的人、物、气候、风俗写得野蛮可怕,是韩愈的民族偏见和阶级偏见。

〔38〕“对案”句:是自写其处境。以上第二段,叙谪贬所经。

〔39〕“前日”句:指贞元二十一年二月,顺宗即位后韩愈遇赦。

〔40〕羁絷:喻既不得还朝,又不得归田。指永贞元年八月(贞元二十一年八月,改元永贞),他被授江陵府法曹参军。

〔41〕此府:指江陵府。

〔42〕“腾凌”句:言江陵是军事要地,这里的军人骄横。腾凌,骄横。

〔43〕栖栖:即栖栖遑遑,不安之状。《后汉书·苏竟传》:“仲尼栖栖,墨子遑遑。”

〔44〕卑陬:地位低下。陬,音 zōu。

〔45〕企:举足而望之意。

〔46〕孔周:孔子、周公之道,亦即儒家之道。

〔47〕大理官:中央政府最高的法官。

〔48〕三后:即三公,见《谒衡岳庙,遂宿岳寺,题门楼》“五岳祭秩皆

三公”句注。以上两句是说最高的法官尚不能和最高的行政官同列。

〔49〕犴狱:监狱。犴,音 àn,与狱同义。

〔50〕敲搒:鞭打——对犯人用刑。

〔51〕悬知:设想、预计。

〔52〕罝:音 jū,捕兔的网;罘,音 fú,古音读 póu,捕鹿的网。这里罝罘喻监牢。以上第三段,叙蒙赦调江陵,但非所愿。

〔53〕修修:“萧萧”的借字,形容风声。

〔54〕首归路:向着归去的道路,指自郴州趋向江陵。

〔55〕夷犹:《楚辞 · 湘君》:“君不行兮夷犹。”王逸注:“犹豫也。”即迟疑不决。按,韩愈已获赦,并授官,其所以夷犹,是因为这时王叔文党正在朝得势。

〔56〕“嗣皇”句:指永贞元年八月顺宗禅位与宪宗,顺宗退居为太上皇。

〔57〕“首罪”句:共工、驩兜,虞舜时代的两个氏族长。《尚书 · 舜典》:“流共工于幽州,放驩兜于崇山,窜三苗于三危,殛鲧于羽山,四罪而天下咸服。”这里以共、兜喻王伾、王叔文。是年八月,宪宗一即位就贬王伾为开州司马,王叔文为渝州司户。后来王伾病死在开州,王叔文是赐死的。但这时还没有“诛”的事,也许是作者后来的改字。

〔58〕颠夭辈:大颠、闳夭,周文王时的贤臣。这里颠夭辈指郑馀庆等。时郑馀庆以尚书左丞出任平章事,韩愈和郑的关系是很密切的。

〔59〕峨冠:高冠,喻大臣。《墨子》:“峨冠博带,以治其国。”鸿畴:鸿,通“洪”。《尚书》有《洪范》,洪范即“大法”之意。《洪范》有“九畴”,九畴即各种政治措施。

〔60〕“璜佩”句:璜,形如的玉饰;佩,指其他的玉饰。古代佩玉以节制行动,使有礼貌。这里璜佩统指朝臣们的服饰。琅璆,音 láng qiú,玉声。此句形容朝会雍容,亦即“班行肃穆”,趋走悄然,只听见佩玉

相磨的声音。

〔61〕“伫继”句:伫,立待的意思。贞观,唐太宗年号。这句是说可以期望宪宗继续贞观时代的光辉功业。

〔62〕兜鍪:军盔。脱兜鍪,喻没有战争。鍪,音 móu。

〔63〕“三贤”句:三贤,指王涯、李建、李程。翰林学士是为文学侍从之臣。

〔64〕“卓荦”句:称誉王涯等胜似汉代的词臣枚乘、邹阳。卓荦,杰出、超绝。

〔65〕皇猷:大道,喻好的政治。

〔66〕齐圣:《尚书·冏命》:“昔在文武(文王、武王),聪明齐圣(和神一样)。”这里以齐圣誉宪宗。

〔67〕致理:施政。毛輶:《诗经·大雅·烝民》:“德輶如毛。”郑笺:“輶,轻也。”《烝民》是颂美周宣王的,同时也赞美贤臣仲山甫。“毛輶”之喻,是举重若轻之意,“唯仲山甫举之”。韩愈用这一词,誉美君臣,两面俱到。

〔68〕“小雅”句:《小雅》是《诗经》的一部分;《鹿鸣》是《小雅》中的第一篇。

〔69〕“食萍”句:萍当作“苹”。《鹿鸣》首章:“呦呦鹿鸣,食野之苹。我有嘉宾,鼓瑟吹笙。”野鹿得苹(艾蒿)食则呼其同伴,喻人以美乐愉其宾朋。这里韩愈隐以相汲引之意期望于王涯等。

〔70〕邈不嗣:是说古代的遗风现在没有了。邈,远。不嗣,没有继承下来。

〔71〕尝同裯:是说与王涯等曾经有很深的友谊。尝,他本或作“常”。裯,被;又通“帱”,床帐。同裯,即《诗经·秦风·无衣》“岂曰无衣?与子同袍”和曹植《赠白马王彪》“何必同衾帱,然后展殷勤”之意。

〔72〕衰换:衰老了,容颜变了。

〔73〕前期:前途,未来的日子。蜉蝣:虫名,这种虫生存的时间仅数小时,这里喻寿命的短促。

〔74〕齿缺、舌柔:见《落齿》诗中“嚼废软还美”句注。

〔75〕等薰莸:香气和臭气都一样。

〔76〕松楸:古人于墓上多植松树、楸树,后来以松楸代指墓地。

〔77〕“空怀”句:果,成。这里用曹植《与杨德祖书》“吾志未果,吾道不行”句意。

〔78〕遒:尽头。

〔79〕闵:怜悯。

〔80〕“解网”句:蛛蝥,蜘蛛。《吕氏春秋》说殷汤见人四面设置猎网,那人祝告“从天坠者,从地出者,从四方来者,皆离(罹)吾网”。汤就收三面网,留一面网,改变祝告:“昔蛛蝥作网罟(意思说蛛网只张一面),今之人学杼。欲左者左,欲右者右,欲高者高,欲下者下。吾取其犯命(该被捕、该死的)!”诸侯闻之,以为汤是德及禽兽,许多国都来归附殷。《史记·殷本纪》也有同样而较略的记载。此借喻宪宗的德政,并希望宪宗让他还朝。

〔81〕“雷焕”二句:雷焕,晋初时人,精通天文。见斗牛之间有紫气,他告诉张华,是“宝剑之精,上彻于天”,并测出剑当在豫章郡丰城县。张华极想得剑,就任他为丰城令,让他去密寻。“焕到县,掘狱屋基,入地四丈馀,得一石函,光气非常,有双剑,并刻题:一曰龙泉,一曰太阿。其夕,斗牛间气不复见焉。”(见《晋书·张华传》)那“紫气”韩愈说是“冤气”,即不平之气,喻自己如宝剑久埋,冤气未销,希望有雷焕这样的人掘出。

〔82〕借前筹:代策划的意思。语出《史记·留侯世家》:“臣请借前箸(筷子)为大王筹之。”这是张良对刘邦说的话,说这话时刘邦正在吃饭,所以张晏的解说是“求借所食之箸,用指画也”。这里隐喻期待王涯

等的设法援引。

〔83〕殷勤：委婉而诚恳。

〔84〕“明月”句：明月，珠名，喻这首诗、这诗中意。非暗投，仍是有所期待于知音如王涯等之意。以上第四段，明颂宪宗即位后的新政，隐示自己迟赴江陵的想法，语虽宛转，意则迫切。

谒衡岳庙，遂宿岳寺，题门楼

五岳祭秩皆三公〔1〕，四方环镇嵩当中。火维地荒足妖怪〔2〕，天假神柄专其雄〔3〕。喷云泄雾藏半腹〔4〕，虽有绝顶谁能穷。我来正逢秋雨节，阴气晦昧无清风。潜心默祷若有应，岂非正直能感通〔5〕。须臾静扫众峰出，仰见突兀撑晴空〔6〕。紫盖连延接天柱，石廪腾掷堆祝融〔7〕。森然魄动下马拜〔8〕，松柏一径趋灵宫。粉墙丹柱动光彩，鬼物图画填青红。升阶伛偻荐脯酒〔9〕，欲以菲薄明其衷。庙令老人识神意〔10〕，睢盱侦伺能鞠躬〔11〕。手持杯珓导我掷〔12〕，云此最吉馀难同〔13〕。窜逐蛮荒幸不死，衣食才足甘长终。侯王将相望久绝，神纵欲福难为功。夜投佛寺上高阁，星月掩映云朣胧〔14〕。猿鸣钟动不知曙〔15〕，杲杲寒日生于东〔16〕。

永贞元年秋，游衡岳作。这首诗是以纪游来抒写牢骚。

〔1〕五岳：东岳泰山（在山东），西岳华山（在陕西），北岳恒山（在山西），南岳衡山（在湖南），中岳嵩山（在河南）。祭秩：祭祀典礼。三公：

周代的太师、太傅、太保，汉代的司马、司徒、司空，都称“三公”，是全国最高的军政首长。这里借喻五岳的尊崇，祭祀按照对三公的典礼。

〔2〕火维：炎热的边疆，指南方。

〔3〕“天假”句：是说天帝授权给衡岳之神，让他专制妖怪，雄镇南荒。作者《送廖道士序》：“南方之山，巍然而高大者以百计，独衡为宗。最远而独为宗，其神必灵。”

〔4〕半腹：指山腰。

〔5〕正直：何焯云：“正直，谓岳神。《左传》：‘神，聪明正直而壹者也。’”感通，是说神被感通，故而“有应”——“须臾静扫众峰出”。这里是作者的夸饰而又谐谑的说法。后来苏轼作《潮州韩文公庙碑》，竟听了它，说是“公之精诚能开衡山之云”，是上了韩愈的当。

〔6〕突兀：高耸。

〔7〕紫盖、天柱、石廪、祝融：是衡山七十二峰中的四个峰名。七十二峰以祝融峰为最高。

〔8〕森然：严肃地。

〔9〕伛偻：弓背哈腰。脯：音 pǔ，干肉。脯酒，统指祭品。

〔10〕庙令：管庙的官。唐制：五岳各设令一人，秩正九品，掌管祭祀。他本或作“庙内”，不当。

〔11〕睢：音 suī，仰目；盱：音 xū，张目。两字是同义复词，表注视状。

〔12〕杯珓：宗教职业者的卜具，古用蚌壳，稍后用玉制，一般用木或角制，分为两片，合则一物。其卜法：掷在地下，三祷三掷，视其反正仰仆定吉凶。珓，音 jiào，与“角”通。

〔13〕吉：这一字实兼有吉凶两义，在这里作灵验解。

〔14〕朣胧：月初出时的光辉。

〔15〕“猿鸣”句：谢灵运《从斤竹涧越岭溪行》诗：“猿鸣诚知曙。”这里反用其意。

〔16〕杲杲:音 gǎo gǎo,太阳初出时的光辉。

岣嵝山

岣嵝山尖神禹碑[1],字青石赤形摹奇[2]。科斗拳身薤倒披[3],鸾飘凤泊拏龙螭[4]。事严迹秘鬼莫窥,道人独上偶见之[5]。我来咨嗟涕涟洏[6]:千搜万索何处有?森森绿树猿猱悲。

永贞元年九月作。岣嵝(音 gǒu lǒu)山,即南岳衡山;或谓衡山主峰。这是一首纪游诗,写作者游衡山寻神禹碑不着而生感慨。

〔1〕神禹碑:通称"禹碑",又名"岣嵝碑",传为夏禹治水时所刻。关于此碑的有无、真假,由来聚讼纷纭,近人方药雨《校碑随笔》已揭其为伪作。按我国夏时是否有文字,还是疑问。余旧藏有此碑拓本,书体不是倒薤文,且其中许多字为最早的甲骨文中尚未有,曾经目验,实为赝品。此篇较之《石鼓歌》,实为小巫见大巫。

〔2〕形:指字形。

〔3〕"科斗"句:科斗,今写作"蝌蚪",此指科斗文,为上古时一种书体。《书序》费氏注:"书有二十法,科斗书是其一法;以其小尾伏头,似虾蟆(即蛤蟆)子,故谓之科斗。元吾衍曰:'上古无笔墨,以竹挺点漆书竹上,竹硬漆腻,画不能行,故头粗尾细,似其形耳。'"拳,屈曲不直。拳身,指字体笔画弯曲。薤倒披,方世举注引王愔《文字志》:"倒薤书者,小篆体也,垂支浓直,若薤叶也。"薤,音 xiè,多年生草本植物,属百合科,根如小蒜,叶细长如韭。倒披,倒垂。按,这种字体,见三国时吴国《天发

神忏碑》,而《岣嵝碑》不伦不类。

〔4〕“鸾飘”句:鸾飘凤泊,犹言鸾凤飘泊,以之形容字体神采飞动,有如鸾凤翔舞;言飘泊,喻久湮没。拏,音 ná,牵引。螭,音 chī,古时传说中龙的一种,色黄而无角。

〔5〕道人:指有修炼、有德行的人。

〔6〕涟洏:形容涕泪交流。王粲《赠蔡子笃》诗:“中心孔悼,涕泪涟洏。”《文选》注:“涕泪如波涟也。洏亦泪流也。”洏,音 ér。

合江亭寄刺史邹君

红亭枕湘江〔1〕,蒸水会其左〔2〕。瞰临眇空阔,绿净不可唾。维昔经营初,邦君实王佐〔3〕。翦林迁神祠〔4〕,买地费家货〔5〕。梁栋宏可爱,结构丽匪过〔6〕。伊人去轩腾〔7〕,兹宇遂颓挫〔8〕。老郎来何暮〔9〕?高唱久乃和。树兰盈九畹〔10〕,栽竹逾万个〔11〕。长绠汲沧浪〔12〕,幽蹊下坎坷〔13〕。波涛夜俯听,云树朝对卧。初如遗宦情〔14〕,终乃最郡课〔15〕。人生诚无几,事往悲岂那〔16〕!萧条绵岁时〔17〕,契阔继庸懦〔18〕。胜事谁复论?丑声日已播。中丞黜凶邪〔19〕,天子闵穷饿〔20〕。君侯至之初〔21〕,闾里自相贺〔22〕。淹滞乐闲旷〔23〕,勤苦劝慵惰。为余扫尘阶,命乐醉众坐。穷秋感平分〔24〕,新月怜半破〔25〕。愿书岩上石,勿使泥尘涴〔26〕。

永贞元年秋作。合江亭在衡州(今衡阳市),当蒸江与湘江会流处。

〔1〕红亭：当是实写当时油漆成红色的亭子。

〔2〕蒸水：即蒸江，源出湖南宝庆邪姜山，东北流与武水会合流入湘江。

〔3〕“邦君”句：邦君，一郡之长，即刺史。王佐，皇帝的助手，通常用以赞美政治才能很高的人，这里指贞元三年贬衡州刺史的齐映。以下四句写齐映经营建亭的情形。

〔4〕翦林：芟除草木。

〔5〕家货：同“价货”、“家伙”，指钱、材料、工具等。

〔6〕丽匪过：言宏丽不过——没有超过它的宏丽的了。匪，即“非”。

〔7〕“伊人”句：伊人，指齐映。轩腾，犹如说高升。齐映于贞元七年做了御史中丞，改官江西观察使。

〔8〕兹宇：这个建筑物——指合江亭。颓挫：倾倒、毁折。

〔9〕“老郎”句：这句诗包括两个故事，借用两位古人来称誉邹君。《史记·张释之冯唐列传》：冯唐“为中郎署长，事文帝。帝辇过，问唐曰：‘父老，何自为郎？’”《汉书·冯唐传》除“中郎署长”作“郎中署长”外，所叙尽同。颜师古注：“言年已老矣，何乃自为郎也。”《后汉书·廉范传》：廉范字叔度，为蜀郡太守，到了成都，“成都民物丰盛，邑宇逼侧，旧制禁民夜作，以防火灾。而更相隐蔽，烧者日属。范乃毁削先令，但严使储水而已。百姓为便，乃歌之曰：‘廉叔度，来何暮！不禁火，民安作。平生无襦今五裤。’”

〔10〕“树兰”句：《离骚》：“余既滋兰之九畹兮，又树蕙之百亩。”十二亩为一畹。

〔11〕个：竹叶形如“个”字，古人以个为竹的单位，犹如一本、一株、一棵。

〔12〕“长绠”句：绠，音 gěng，绳子。《庄子·至乐》：“绠短者不可以汲深。”沧浪，形容水的青绿。《孟子·离娄》：“沧浪之水清兮。”浪，读 láng。

〔13〕幽蹊：僻径、小路。

〔14〕“初如”句：谓开始不过如同前任官的情怀——娱情山水。

〔15〕“终乃”句：是说后来却把一郡的繁剧都负担起来了。最，聚也。以上两句写邹君。

〔16〕“事往”句：是说事已过去，悲伤又怎奈何！那，读 nuó，或作“奈”，意同。

〔17〕绵：延连不断。

〔18〕“契阔”句：契阔有二义，一是勤苦，如《诗经·曹风·击鼓》“生死契阔”；一是久别，如曹操《短歌行》“契阔谈讌”。这里似用第一义。庸懦，平庸怯懦的人，指前任刺史元澄。这句是说邹君勤苦地接任其事。

〔19〕“中丞”句：《五百家注音辩昌黎先生文集》笺云：“前刺史元澄无政，廉使杨中丞奏黜之。”中丞，即观察使，这里指湖南观察史杨凭。黜，罢免。凶邪，指元澄。

〔20〕闵穷饿：怜悯百姓的贫穷饥饿。

〔21〕君侯：对尊贵者的尊称，这里指邹君。

〔22〕“闾里”句：古代以二十五家为一闾，或一里；闾里代指地方。相贺，指得有好刺史的到来，即前面“来何暮”的意思。

〔23〕淹滞：停留，谓有才德而未被朝廷重用，这里指邹君。闲旷：空暇，喻政事不多。

〔24〕平分：谓时值秋九月。

〔25〕半破：月未圆，是上旬。

〔26〕涴：音 wò，沾污。

湘中酬张十一功曹

休垂绝徼[1]千行泪,共泛清溪一叶舟。今日岭猿兼越鸟,可怜同听不知愁[2]。

贞元元年由衡州赴江陵途中作。

〔1〕绝徼:边塞,极边远的地方,指临武、阳山。徼,音 jiào。

〔2〕“今日岭猿兼越鸟,可怜同听不知愁”:实是“可怜岭猿兼越鸟,今日同听不知愁”的互易。可怜,这里作可爱解。意谓两人遇赦,同听猿啼鸟唱,转觉可爱。这里岭指骑田岭,越通粤,密迩湘中。

岳阳楼别窦司直

洞庭九州间,厥大谁与让[1]。南维群崖水[2],北注何奔放。潴为七百里[3],吞纳各殊状。自古澄不清,环混无归向[4]。炎风日搜搅[5],幽怪多冗长[6]。轩然大波起[7],宇宙隘而妨[8]。巍峨拔嵩华[9],腾踔较健壮[10]。声音一何宏,轰辐车万两[11]。犹疑帝轩辕,张乐就空旷[12]。蛟螭露笋虡[13],缟练吹组帐[14]。鬼神非人世,节奏颇跌踢[15]。阳施见夸丽[16],阴闭感凄怆[17]。朝过宜春口[18],极地缺堤障。夜缆巴陵州[19],丛芮才可傍[20]。星河尽涵泳,俯仰迷下上。馀澜怒不已，喧聒鸣瓮盎[21]。明登岳阳楼，辉焕朝日亮。飞廉戢其威[22]，清晏息纤纩[23]。泓澄湛凝绿，物影巧相况。江豚时出戏，惊波忽荡漾。时值冬之孟[24]，隙窍缩寒涨。前临指近岸，侧坐眇难望。涤濯神魂醒，幽怀舒以畅。主人童孩旧，握手乍忻怅[25]。怜我窜逐归[26]，相见得无恙[27]。开筵交履舄[28]，烂漫倒家酿[29]。杯行无停留，高柱送清唱[30]。中盘进橙栗，投掷倾脯酱。欢穷悲心生，婉娈不能忘[31]。念昔始读书，志欲干霸王[32]。屠龙破千金[33]，为艺亦云亢[34]。爱才不择行[35]，触事得谗谤[36]。前年出官日，此祸最无妄[37]。公卿采虚名[38]，擢拜识天仗[39]。奸猜畏弹射[40]，斥逐恣欺诳。新恩趋府庭[41]，逼侧厕诸将[42]。于嗟苦驽缓[43]，但惧失宜当。追思南渡时，鱼腹甘所葬[44]。严程迫风帆[45]，劈箭入高浪[46]。颠沉在须臾，忠鲠谁复谅。生还真可喜，刻已自惩创[47]。庶从今日后，粗识得与丧[48]。事多改前好，趣有获新尚[49]。誓耕十亩田，不取万乘相[50]。细君知蚕织[51]，稚子已能饷。行当挂其冠[52]，生死君一访[53]。

永贞元年十月作。方成珪《昌黎先生诗文年谱》："有'时当（按"当"应作"值"）冬之孟'句可证。"此诗别本有作者原注："窦庠时以武昌幕权（或作擢）岳州。"窦庠，字胄卿。司直，官名。韩皋镇守武昌，窦庠在他的幕府做推官，这时升任大理寺司直，权领岳州刺史。岳阳楼在湖南岳阳西门，是唐代诗人张说谪贬岳州时所建，为我国历史名迹之一。后来北宋时滕子京重修，范仲淹曾写过有名的《岳阳楼记》。范记中写景部分有好些地方是脱胎于韩诗的。

〔1〕“洞庭”二句：洞庭即洞庭湖。九州，指全国。厥，其。让，比。这两句是说洞庭湖其大无比。

〔2〕“南维”句：维，连结，聚集。各本多作“汇”，此据《五百家注音辩昌黎先生文集》作“维”。按，韩诗习用“维”字，如《南山诗》：“兹维群山囿。”群崖水，指湘、沅、澧……诸水，这些水或由五岭，或由黔中山流下来，它们都从南流入洞庭湖；故下句说“北注”。

〔3〕潴：音 zhū，水停蓄。

〔4〕环混：言水之盘旋、浩大。

〔5〕搜搅：骚扰。

〔6〕冗长：音 rǒng cháng，多而无用。这里有大量滋生的意味。

〔7〕轩然：高举地。

〔8〕“宇宙”句：言洞庭湖大波起时，好像天地都妨隘着它。隘，这里同“碍”。妨，这里读 fǎng。

〔9〕嵩华：嵩山和华山。

〔10〕“腾踔”句：是说洞庭湖水腾空飞跃，与嵩山、华山较量身手。踔，音 chuō，跳。别本作“跃”，意同。

〔11〕轰辐：车轮声。这里喻水声。别本作“轰磕”，顾嗣立注引《上林赋》“砰磅轰磕”，并引司马彪云“水声也”，谓“磕与辐音义同”。两，即“辆”字。

〔12〕“犹疑”二句：轩辕，古帝名，即传说中的轩辕黄帝。这里用《庄子》“黄帝张咸池之乐，于洞庭之野”来形容水声。

〔13〕“蛟螭”句：笱虡，音 sǔn jù，乐器的架。古乐器上一般都用龙形或龙头为雕饰。这里却借喻洞庭湖中的蛟螭是黄帝的乐器，还在乐器架上。

〔14〕“缟练”句：缟，生丝；练，熟丝。此两种丝都是洁白的丝，这里

代指穿着缟练的人——奏乐者。组帐，组练、组甲之帐，军帐。以上二句，《五百家注音辩昌黎先生文集》引孙汝听云："言轩辕张乐于此，大波之起，若筍虡组帐犹存也。"

〔15〕跌踼：顿措抑扬。踼：通"荡"。

〔16〕阳施：太阳光照着，指白天。

〔17〕阴闭：指夜晚。

〔18〕过：一本作"回"。宜春江在岳阳之南，流入洞庭。

〔19〕缆：系舟、停船。巴陵：又名巴丘，在今岳阳市，故又为岳阳的别名。

〔20〕"丛芮"句：丛芮，即潘岳《西征赋》之"蕞芮"，但那是形容陋小，这里是指水草。此句言有水草处才可傍——恰可停舟。芮，音 ruì。

〔21〕"喧聒"句：形容湖水声，像是在坛子、盆子里。

〔22〕飞廉：风神。戢：音 jí，收敛。

〔23〕"清晏"句：扬雄《羽猎赋》"天清日晏"，那是指天无云。这里清晏是指水无波。息纤纩，没有一丝儿风、一丝儿浪。息，一本作"自"，未当。

〔24〕冬之孟：即孟冬，旧历十月。

〔25〕乍忻怅：乍忻乍怅——一忽儿高兴，一忽儿难过。

〔26〕窜逐归：指被谪贬阳山回来。

〔27〕得无恙：得是诘问之词；怎的无恙？——怎么样？没有受到伤害吧？

〔28〕交履舄：极言主客形迹不拘，酒醉尽欢。《史记·滑稽列传》："履舄交错，杯盘狼藉。"履、舄，都是鞋子。舄，音 xì。

〔29〕烂漫：放荡不拘。

〔30〕高柱：这里代指琴声。柱，琴弦的柱。

〔31〕婉娈：《诗经·齐风·甫田》："婉兮娈（音 luán）兮，总角丱（音

guàn)兮。”毛传:“婉娈,少好貌。”这里作亲爱的旧交解。

〔32〕干霸王:意为参与王霸的事。王,读 wàng;王、霸,都作动词用。

〔33〕“屠龙”句:屠龙,喻所学成就之高,有高技。破千金,喻耗费之巨。语本《庄子·列御寇》:“朱泙漫学屠龙于支离益,单(殚)千金之家。三年技成,而无所用其巧。”

〔34〕亢:读 kàng,高。《淮南子·修务训》:“厉节者亢高以绝世俗。”

〔35〕“爱才”句:不择行,是说自己交友太滥。《国史补》:“韩愈引致后进,为求科第。”《因是录》:“韩、柳、皇甫、李公皆以引接后学为务。”

〔36〕触事:指前因谏议宫市事而得罪。

〔37〕无妄:即《易经》所谓“无妄之灾”。

〔38〕虚名:作者自谦语。

〔39〕“擢拜”句:谓擢升拜任监察御史,才接近皇帝。天仗,天子的仪仗。这里回顾贞元十三年由四门博士提升为监察御史的事。

〔40〕奸猜:指坏人。一本作“奸滑”,意同。

〔41〕“新恩”句:指获赦并蒙调任江陵府法曹参军。

〔42〕逼侧:接近。厕诸将:厕身于武职行列。

〔43〕于嗟:同“吁嗟”,叹词。驽缓:犹如说驽钝,喻才劣。也是自谦词。

〔44〕“鱼腹”句:屈原《渔父》:“宁赴常流,而葬乎江鱼腹中。”屈原说的是想投水自杀,这里借喻预期会覆舟而死。即下文所谓“颠沉在须臾”,“生还真可喜”。

〔45〕严程:谓王命限期到达。

〔46〕劈箭:形容船行之速。

〔47〕自惩创:自己惩戒自己。创,读 chuàng,与惩同义。

〔48〕得与丧:得和失。

〔49〕"趣有获新尚":即"趣尚有新获"。趣,音义同"趋"。

〔50〕万乘相:古制天子之车万乘,后来以万乘代指皇帝,这里是说皇帝的宰相。

〔51〕细君:《汉书·东方朔传》:"归遗细君。"后来用细君作妻的代称。

〔52〕"行当"句:行当,将要,是预拟之词。挂冠,弃官归隐。《后汉书·逢萌传》:逢萌因避王莽的迫害,"即解冠挂东都城门,归,将家属浮海,客于辽东"。

〔53〕"生死君一访":即"生死一访君"。

杏花

居邻北郭古寺空〔1〕,杏花两株能白红〔2〕。曲江满园不可到〔3〕,看此宁避雨与风?二年流窜出岭外,所见草木多异同〔4〕。冬寒不严地恒泄〔5〕,阳气发乱无全功〔6〕。浮花浪蕊镇长有〔7〕,才开还落瘴雾中。山榴踯躅少意思,照耀黄紫徒为丛。鹧鸪钩辀猿叫歇〔8〕,杳杳深谷攒青枫。岂如此树一来玩,若在京国情何穷〔9〕。今旦胡为忽惆怅〔10〕?万片飘泊随西风。明年更发应更好,道人莫忘邻家翁〔11〕。

元和元年(公元806年)在江陵作。

〔1〕邻:作动词,接近,靠近的意思。

〔2〕能:唐人口语,含有多么、居然这样的意思。今桂林口语读

nèn,还保存着唐音。

〔3〕“曲江”句:曲江在长安,此系想象之词,所以说“不可到”。

〔4〕异同:偏义复词,这里偏说“异”。又异同,异于同,即不同。

〔5〕地恒泄:谓地气经常泄出。指土地不冻,宜于植物。

〔6〕无全功:《列子·天瑞》:“天地无全功。”是说天地没有全能。这里指“阳气发乱”,天控制不住;“地恒泄”,地控制不住。

〔7〕镇:唐人口语,常、尽的意思。作者《题炭谷湫祠堂》:“林丛镇冥冥,穷年无由删。”与“长”字联用则重言“常常”的意思,如李群玉《龙安寺》句:“白鹭镇长饥。”姜夔《眉妩》词:“乘一舸,镇长见。”

〔8〕钩辀:象声词——鹧鸪鸣声。

〔9〕京国:京城、首都。

〔10〕今旦:犹如说今朝、今日。

〔11〕道人:有道的人,这里指寺中和尚。邻家翁,韩愈自谓,首句已言居邻古寺。

寒食日出游夜归,张十一院长见示病中忆花九篇,因此投赠

李花初发君始病,我往看君花转盛〔1〕。走马城西惆怅归,不忍千株雪相映〔2〕。迩来又见桃与梨〔3〕,交开红白如争竞。可怜物色阻携手〔4〕,空展霜缣吟九咏〔5〕。纷纷落尽泥与尘,不共新妆比端正。桐花最晚今已繁,君不强起时难更〔6〕。关山远别固其理,寸步难见始知命。忆昔与君同贬官〔7〕,夜渡洞庭看斗柄〔8〕。岂料生还得一处〔9〕,引袖拭泪

悲且庆。各言生死两追随，直置心亲无貌敬。念君又署南荒吏[10]，路指鬼门幽且夐[11]。三公尽是知音人，曷不荐贤陛下圣[12]。囊空甑倒谁救之[13]？我今一食日还并[14]。自然忧气损天和[15]，安得康强保天性！断鹤两翅鸣何哀，絷骥四足气空横[16]。今朝寒食行野外，绿杨匝岸蒲生迸。宋玉庭边不见人[17]，轻浪参差鱼动镜。自嗟孤贱足瑕疵，特见放纵荷宽政[18]。饮酒宁嫌盏底深，题诗尚倚笔锋劲。明宵固欲相就醉，有月莫愁当火令[19]。

元和元年在江陵作。旧历以冬至后一百零五天或一百零六天为"寒食"，约在清明节的前一日。在寒食日里不举火，相传是纪念春秋时代晋国的介之推——他是晋国的功臣，却不愿做官，遁隐绵山（在今山西介休），晋文公（重耳）用烧山的办法想迫使他出来，结果他被焚死。张十一，即张署，见前。唐制：御史称院长；这时张署做江陵府功曹参军，但他过去曾做过御史，所以这样称呼。

〔1〕转盛：更盛。

〔2〕不忍：这里含有不舍的意味。应上句"怊怅归"。

〔3〕迩来：近日。

〔4〕"可怜"句：这里可怜是可惜的意思。物色，风物景色。携手，喻同行；《诗经·邶风·北风》："惠而好我，携手同行。"这句是说张署为病所阻，不能同游。

〔5〕"空展"句：霜缣，洁白的"纸"。九咏，即题所说的《病中忆花》九篇。这句是说张署只能在寓中写作。

〔6〕强起：病中振作起身之谓。强，读 qiǎng。时难更：时节难再有。

〔7〕同贬官：指贞元十九年作者贬阳山令，张署贬临武令事。

〔8〕“夜渡”句:北斗七星(属大熊星座)的第五至七星叫斗柄,也称斗杓,又名玉衡。它指示时间和方向。《淮南子·齐俗训》:“夫乘舟而惑者,不知东西,见斗极则寤矣。”这里追忆“夜渡洞庭”,是偏指辨方向而言,即作者《祭河南张员外文》说的在“洞庭漫汗”中“追程盲进”。

〔9〕得一处:是说两人都在江陵。

〔10〕“念君”句:署,署理,代职。南荒,这里指广西。作者《唐故河南令张君墓志铭》:“半岁,邕管奏君为判官。”那时张署刚到江陵未久,邕管(今广西壮族自治区西南部,治所在今南宁市)经略史路恕,署张署为判官,张署没有去。

〔11〕鬼门幽且敻:那时广西北流县道上有所谓“鬼门关”,又有“鬼门关,十人去,九不还”的谣谚,其实是两山相对,夹道像关,是很壮美的地方。敻,音 xiòng,辽远。

〔12〕“曷不”句:是说当今皇上圣明,三公何不荐贤。曷,通“何”。贤,指张署。

〔13〕囊空甑倒:囊(口袋)中无钱,甑(音 zèng,炊具)中无米。形容穷困。

〔14〕一食日还并:即《礼记·儒林》所谓“并日而食”——吃一天,顶两天。

〔15〕天和:人的“元气”。《庄子·知北游》:“若正汝形,一汝视,天和将至。”

〔16〕气空横:横,读 hèng,横逆,蛮不讲理。《孟子·离娄》:“其待我以横逆。”朱熹注:“横逆者,以暴虐之道来加我也。”又,横,放纵。说千里马被拴住了四足,空有放纵驰骋之志,意亦可通。

〔17〕“宋玉”句:宋玉,战国时楚人,屈原以后的大辞赋家,相传江陵有宋玉旧宅。不见人,言宋玉已死,与《石鼓歌》“少陵无人谪仙死”的“无人”同意。

〔18〕放纵:这里作宽宥解。荷:读 hè,承恩、受惠。

〔19〕当火令:当禁火的时节,点明寒食。

题张十一旅舍三咏(选二首)

榴花

五月榴花照眼明,枝间时见子初成。可怜此地无车马[1],颠倒青苔落绛英。

《题张十一旅舍三咏》,元和元年作。原三首,兹选《榴花》、《井》二首。

〔1〕可怜:这里仍应作可爱解。张相《诗词曲语辞汇释》作可惜解,以为这两句"言可惜无游人来赏,任其谢落也"。此解倘用于一般唐人的诗,大致无甚差失。惟韩诗多盘空硬语,有时虽文从字顺,而意却拗。这两首诗,朱彝尊说是"意调俱新,俱偏锋",可谓知言。末二句正是爱其无游人来赏,爱其满地"青苔""绛英";倘有人来赏,则车辙马蹄践踏得不堪了。此正是意调新而笔锋偏出处。

井

贾谊宅中今始见;葛洪山下昔曾窥[1]。寒泉百尺空看影,正是行人暍死时[2]。

〔1〕“贾谊”二句：贾谊宅，在长沙，宅中有井。葛洪山，指罗浮山，晋时葛洪曾在此炼丹修道，有井。今始见、昔曾窥，都是对井来说的。“今”和“昔”只是修辞上的设对，不可拘泥。

〔2〕“正是”句：言井水深而不能供行人饮，没有用处。也是新意偏锋。暍，今音 yē，古读入声，热症、病暑。别本作“渴”，意亦通。

丰陵行

羽卫煌煌一百里〔1〕，晓出都门葬天子，群臣杂沓驰后先，宫官穰穰来不已〔2〕。是时新秋七月初，金神按节炎气除〔3〕，清风飘飘轻雨洒，偃蹇旗旆卷以舒〔4〕。逾梁下坂笳鼓咽〔5〕，嵽嵲遂走玄宫闾〔6〕，哭声訇天百鸟噪，幽坎昼闭空灵舆〔7〕。皇帝孝心深且远〔8〕，深送礼备无羸馀，设官置卫锁嫔妓，供养朝夕象平居〔9〕。臣闻神道尚清净，三代旧制存诸书，墓藏庙祭不可乱，欲言非职知何如〔10〕！

元和元年作。“丰陵”是顺宗（李诵）的墓。上年十月，顺宗卒；是年宪宗（李纯）嗣位，七月葬顺宗。当时的葬仪、陵制，奢侈而又荒唐，韩愈此诗，表示反对。

〔1〕羽卫：御林军，仪仗队。煌煌：辉煌、光彩，形容羽卫之盛。

〔2〕穰穰：音 rǎng，本义是粮食丰盛，这里形容人多。

〔3〕金神：古代阴阳家的说法：秋季之司令者。

〔4〕偃蹇：音 yǎn jiǎn，这里是作高举、舞动解。卷以舒：犹如说卷而

舒——卷起又展开。

〔5〕逾梁下坂：过桥下坡，指队伍的进行。笳鼓咽：笳声、鼓声呜咽，指奏哀乐。

〔6〕嵽嵲：音 dié niè，山高耸貌，喻帝王之尊；又是“帝业”的谐音，影射它被埋葬了。玄宫闾：皇帝的葬处叫“玄宫”，闾是寓所。

〔7〕幽坎：墓室。

〔8〕皇帝：这里指新皇帝——宪宗李纯。

〔9〕象平居：照平日活着时候一模一样。

〔10〕非职：不在其职。韩愈这时初任国子博士，是学官，不是谏官。

短灯檠歌

长檠八尺空自长；短檠二尺便宜光。黄帘绿幕朱户闭，风露气入秋堂凉。裁衣寄远泪眼暗，搔头频挑移近床〔1〕。太学儒生东鲁客，二十辞家来射策〔2〕，夜书细字缀语言，两目眵昏头雪白〔3〕。此时提携当案前，看书到晓那能眠〔4〕！一朝富贵还自恣，长檠高张照珠翠〔5〕。吁嗟世事无不然，墙角君看短檠弃〔6〕！

元和元年作。时任国子博士职。这诗为封建社会知识分子猎取功名富贵后忘却贫贱而发。查慎行说是“词浅而喻深”。檠，音 qíng，也读 jìng，灯柱，一般用以代指灯。

〔1〕“裁衣”二句：写贫家妇女使用短檠灯。寄远，寄给远别在外的人，这人似即下面所写的辞家射策的太学儒生。

〔2〕二十:指年龄。策:古代考试制度中的一种文体。射:答中策问。射策,犹如说应试。

〔3〕眵:音 chī,眼屎;昏:眼光昏花。头雪白:形容用功过度,少年而头发已白。

〔4〕以上六句写太学儒生使用短檠灯。

〔5〕高张照珠翠:用司马相如《美人赋》"芬香芳烈,黼帐高张";傅毅《舞赋》:"珠翠灼皪而照耀兮。"高张写其豪华,珠翠代指姬妾。

〔6〕"墙角"句:是说"做官忘记了秀才时",讽刺语。后来苏轼的"白头还对短灯檠",陆游的"一生俯首短檠前",均师其意而反用其词。

荐士

周诗三百篇〔1〕,雅丽理训诰〔2〕。曾经圣人手〔3〕,议论安敢到〔4〕! 五言出汉时,苏李首更号〔5〕。东都渐㳽漫〔6〕,派别百川导。建安能者七〔7〕,卓荦变风操〔8〕。逶迤抵晋宋,气象日凋耗。中间数鲍谢〔9〕,比近最清奥〔10〕。齐梁及陈隋,众作等蝉噪。搜春摘花卉,沿袭伤剽盗〔11〕。国朝盛文章〔12〕,子昂始高蹈〔13〕。勃兴得李杜,万类困凌暴〔14〕。后来相继生,亦各臻阃隩〔15〕。有穷者孟郊,受材实雄骜〔16〕。冥观洞古今〔17〕,象外逐幽好〔18〕。横空盘硬语,妥帖力排奡〔19〕。敷柔肆纡馀〔20〕,奋猛卷海潦。荣华肖天秀〔21〕,捷急逾响报〔22〕。行身践规矩,甘辱耻媚灶〔23〕。孟轲分邪正,眸子看瞭眊〔24〕。杳然粹而精,可以镇浮躁。酸寒溧阳尉〔25〕,五十几何耄。孜孜营甘旨〔26〕,辛苦久所冒。俗流知者谁？指注竞嘲慠[27]。圣皇索遗逸[28]，髦士日登造[29]。庙堂有贤相[30]，爱遇均覆焘[31]。况承归与张[32]，二公迭嗟悼。青冥送吹嘘[33]，强箭射鲁缟[34]。胡为久无成？使以归期告[35]。霜风破佳菊，嘉节迫吹帽[36]。念将决焉去，感物增恋嫪[37]。彼微水中荇，尚烦左右芼[38]。鲁侯国至小，庙鼎犹纳郜[39]。幸当择珉玉[40]，宁有弃珪瑁[41]？悠悠我之思，扰扰风中纛[42]。上言愧无路[43]，日夜惟心祷。鹤翎不天生[44]，变化在啄抱[45]。通波非难图，尺地易可漕[46]。善善不汲汲[47]，后时徒悔懊。救死具八珍[48]，不如一箪犒[49]。微诗公勿诮[50]，恺悌神所劳[51]。

元和元年秋作。此诗是向郑馀庆推荐孟郊的。钱仲联《韩昌黎诗系年集释》云："当是在馀庆为太子宾客时上也。"

〔1〕周诗三百篇：指《诗经》，那是周代的诗歌，其中分"十五国风"、"二雅"、"三颂"，一共三百零五篇，"三百篇"是言其成数，亦即《诗经》的别称。

〔2〕"丽雅"句：丽，美；雅，正。理，通、比的意思。训、诰，古代训辞、诰令之类，如《尚书》中的《汤誓》、《汤诰》等，那是封建社会奉为"典则"的文章。这句是说"诗三百"文辞之美，内容之正，和《尚书》相通、可比。

〔3〕"曾经"句：圣人，指孔子。《史记·孔子世家》："古者，诗三千馀篇。及至孔子，去其重，取……三百五篇。"这种"孔子删诗"的说法，在司马迁以前就有了。后人一直相信今存的三百零五篇诗，是孔子删定的。但这种说法并不可靠。

〔4〕"议论"句：韩愈是儒家，是祖述孔子之道的。他既认为《诗》是

孔子删定的，自然就不敢议论。以下从五言诗起，他都有议论。

〔5〕“苏李”句：苏——苏武，李——李陵，他们是最早写五言诗的作者，《文选》录有苏武诗四首，李陵诗三首（后人对这些诗是有怀疑的）。首更号，首先变更、号召、倡导之意。

〔6〕“东都”句：东都，东汉（后汉）都洛阳，这里代指东汉时代。浵漫，本义为水盛貌，这里借喻五言诗的发展、壮大。

〔7〕“建安”句：建安（公元196—220年），汉献帝（刘协）的年号。这一时期，文学史上称“建安时期”，其中代表作家除“三曹”（曹操、曹丕、曹植）外，尚有“建安七子”，据曹丕《典论·论文》，是孔融、陈琳、王粲、徐幹、阮瑀、应玚、刘桢七人。

〔8〕卓荦：杰出。变风操：变更了诗的风格、调子。

〔9〕数鲍谢：数，算、推。鲍，指鲍照，字明远，杜甫所推重的“俊逸鲍参军”。谢，指谢灵运和李白所倾倒的“解道澄江碧如练，令人常忆谢玄晖”的谢朓。

〔10〕比近：犹“比兴”，诗的创作手法，比是借此喻彼，兴是因物感怀，比兴即所谓“寄托”手法。清奥：清深。即诗的语言清新，诗的意境幽深。

〔11〕剽盗：喻钞袭古人。

〔12〕国朝：这里指唐朝。

〔13〕“子昂”句：陈子昂，字伯玉，梓州射洪（今四川省射洪县）人。唐初，诗歌沿六朝馀风，至陈子昂始革新，他是第一个唱出“唐音”（他那时代的声音）来的，所以说他“高蹈”——高举阔步。

〔14〕“勃兴”二句：是说李白、杜甫突然兴起，万物都被压在二人之下了。

〔15〕阃：音kǔn，内室；隩：音ào，深处。臻阃隩，升堂入室之意，喻诗歌所达到的成就。

〔16〕受材：谓天受之材。驁：音 ào，千里马；这里指马行奔放，不可羁勒。

〔17〕洞：透澈、穿。

〔18〕“象外”句：于物象之外追求深美的东西。

〔19〕奡：音 ào，人名，传说中的大力士。力排奡，力能推开奡，喻孟郊的笔力。

〔20〕纡馀：犹言委婉。

〔21〕肖：似。

〔22〕逾：超过。

〔23〕“甘辱”句：甘辱，谓孟郊安于贫贱；耻媚灶，谓孟郊从不向执政者乞怜和讨好。《论语·八佾》：“与其媚于奥，宁媚于灶。”注：“奥，内也，比喻近臣。灶，以喻执政。”

〔24〕“眸子”句：眸子，眼瞳。瞭，清明；眊，不明。《孟子·离娄》：“观其人也，察其眸子：胸中正，则眸子瞭焉；胸中不正，则眸子眊焉。”

〔25〕“酸寒”句：指孟郊。孟郊于贞元十六年（五十岁）始得铨选为溧阳尉。溧阳，唐属江南道，今属江苏省。尉，县令以下的佐治小官，故云“酸寒”。刘叉《答孟东野》也说“酸寒孟夫子”。

〔26〕“孜孜”句：孜孜，不停地。营，求。甘旨，美味，一般用来指供养父母的食物。任昉《上萧太傅书》：“饥寒无甘旨之资，限役废晨昏之半。”语本《礼记·内则》：“昧爽而朝，慈以旨甘；日入而夕，慈以旨甘。”这里是说孟郊之所以为尉，是为了养亲。按作者在《贞曜先生墓志铭》中说孟郊把母亲“迎侍溧上”。

〔27〕指注：手指目注；这里指“俗流”之对孟郊。嘲慠：嘲笑、轻慢。

〔28〕圣皇：指宪宗。索遗逸：谓求在野的遗才、逸士。

〔29〕髦士：俊士，犹如说选拔出来的、杰出的。《诗经·小雅·甫田》：“烝我髦士。”登造：录用。

〔30〕庙堂:朝廷。贤相:指郑馀庆。

〔31〕焘:这里读 dào,通“帱”。覆帱是同义复词,遮盖、保护的意思。《礼记·中庸》:“譬如天地之无不持载,无不覆帱。”

〔32〕归与张:谓归登、张建封。孟郊曾受知于这两人。下面三句是写他们为孟郊“嗟悼”(惋惜),也为孟郊“吹嘘”(推荐)。

〔33〕“青冥”句:青冥,天空,喻高处。杜甫《赠献纳使起居田舍人》诗:“扬雄更有河东赋,唯待吹嘘送上天。”

〔34〕“强箭”句:鲁缟,鲁国制的细绢,借喻极薄。《汉书·韩安国传》:“强弩之末,力不能穿鲁缟。”这里反用其意,是说以归、张之大力吹嘘孟郊,应当不难获得朝廷的录用。

〔35〕“使以”句:是说竟使孟郊不得官职,只好回去,回去的日子都定了。即下面说的“念将决焉去”。

〔36〕“嘉节”句:点明时近重阳。晋孟嘉九月九日登龙山,宴僚属,山风把他的帽子吹落,他不觉。后世传为这一节日的佳话。

〔37〕感物:犹如说感节——因节候而生感。恋嫪:双声同义复词,恋恋不舍。

〔38〕水中荇、左右芼:语本《诗经·周南·关雎》:“参差荇菜,左右芼之。”荇,音 xìng,水葵,与莼菜类似的龙胆科植物。芼,音 mào,“覒”的借字,挑拣、择采。

〔39〕鲁侯、纳郜:鲁侯指春秋时的鲁桓公。郜,春秋时的国名,地在今山东省城武县。《春秋》桓公二年:“取郜大鼎于宋;戊申,纳于太庙。”郜,音 gào。

〔40〕珉玉:似玉的石。

〔41〕珪瑁:礼器,朝会时贵族执在手上相见敬礼的。这些礼器,古代以最美的玉制成。⌂形者叫珪(一般写作“圭”),▯形者叫瑁,原是旧石器时代石刀、石斧之类的遗形。这里以珪瑁代指美玉。

〔42〕“扰扰”句:纛,音 dào,旌旗上的旄头。这句是形容心思不能平静。顾嗣立注云:“按《战国策》:‘寡人心摇摇如悬旌而无所终薄;’《文选》张景阳诗:‘羁旅无定心,翩翩如悬旌。’公诗意取此。”

〔43〕上言:向皇帝上书进言。

〔44〕不天生:不是天生的。

〔45〕啄抱:破壳而出。抱,音 bào,鸟伏卵成雏;今通称“孵”,北方土话叫“趴窠”,两广话仍叫“抱蛋”。

〔46〕“尺地”句:漕,这里叶韵读 zào,沟通水道。王元启云:“易,移易也。言但移尺寸之地,即可以达通波,所谓一举手之劳耳。”

〔47〕“善善”句:《公羊传》昭二十年:“君子之善善也长,恶恶也短。”第一个善字是动词,当爱惜解,如《荀子·彊国》“善日者王,善时者霸”的善字义。汲汲,汲水不停,引申为从速。这句的意思,略如《国语》“郭公善善而不能用”,语带讥评。

〔48〕八珍:八种珍贵食品,合制以为药用者。古今所举不一,如《周礼》郑玄注,说是淳熬、炮豚……;陶宗仪《辍耕录》,说是醍醐、野驼蹄……;还有不经之说,如龙肝、凤髓……。今山西食品“头脑”,以羊肉炖良姜、黄芪等七种药物,亦名八珍,这是古方,比较近似“救死”之用。

〔49〕箪:音 dān,盛饭的竹盒。犒:音 kào,以酒食慰劳。

〔50〕诮:音 qiào,讥笑、斥责。

〔51〕“恺悌”句:劳,读 lào。《诗经·小雅·青蝇》:“岂(恺)弟(悌)君子,神所劳矣。”

醉留东野

昔年因读李白杜甫诗,长恨二人不相从[1]。吾与东野生并世〔2〕，如何复蹑二子踪〔3〕！东野不得官〔4〕，白首夸龙钟〔5〕。韩子稍奸黠〔6〕，自惭青蒿倚长松〔7〕。低头拜东野，愿得终始如駏蛩〔8〕。东野不回头，有如寸筳撞钜钟〔9〕。吾愿身为云，东野变为龙〔10〕，四方上下逐东野〔11〕，虽有离别无由逢〔12〕。

元和元年秋作。由这诗可以看到韩愈对孟郊倾倒之至和友谊之笃。

〔1〕不相从：不在一起。按，李白和杜甫相聚之日少，相别之日多，相怀念之情又极深切。

〔2〕并世：同一时代。

〔3〕"如何"句：蹑，音 niè，追、跟。二子，指李白、杜甫。这句是说：怎么我们也走上了李白、杜甫的老路！这里一方面是就"不相从"来说，表示憾意；一方面却是以"蹑踪"李杜自负、相期。

〔4〕"东野"句：指孟郊已罢溧阳尉，闲居两年，久无官职。

〔5〕"白首"句：是年孟郊五十六岁。夸，这里含有号称、以此出名的意思。龙钟，两字转音为"癃"，年老体笨之态。

〔6〕奸黠：巧滑。自谓"稍奸黠"而得官，应上"东野不得官"，是由于太老实、耿直，如《荐士》所说的"行身践规矩，甘辱耻媚灶"。

〔7〕青蒿倚长松：青蒿，小草，韩愈自比；长松，喻孟郊是不凋的乔木。《世说新语》说毛曾与夏侯泰初同坐，像是"蒹葭倚玉树"。方世举云："此盖师其意而易其词。"

〔8〕駏蛩：音 jǔ qióng，即蛩蛩駏虚，《尔雅·释地》作"邛邛岠虚"，说它和"蟨"是西方的"比肩兽"，它背着蟨走，蟨为它觅甘草吃，它们是分不开的。一说以駏虚、蛩蛩为二兽，旧注韩诗者便用此说。按上句说

"低头",实有"负靥"之意,当从《尔雅》为是。不过这句为了叶韵,故颠倒为駏蛩。

〔9〕寸筳撞钜钟:东方朔《答客问》:"寸筳撞钟。"筳,音 tíng,竹枝。这里以寸筳自喻其小,以钜钟喻孟郊,言其大。寸筳撞钜钟,当然敲不响,喻没有反应,应上句"不回头",即《荐士》中所谓"念将决焉去"的事,自愧无力留住孟郊。

〔10〕云、龙:这二物又是"相从"的。《易经·乾卦》:"同声相应,同气相求,水流湿,火就燥,云从龙,虎从风。"

〔11〕逐:追随。

〔12〕"虽有"句:离别,一作"别离";无,一作"何"。这句是说尽管世上有离别这个词,这件事,我们不会碰上它。与张籍《赠别孟郊》诗"安得在一方,终老无送迎"意同。

秋怀诗(选五首)

其二

白露下百草[1],萧兰共憔悴[2]。青青四墙下[3],已复生满地。寒蝉暂寂寞,蟋蟀鸣自恣。运行无穷期,禀受气苦异[4]。适时各得所,松柏不必贵。

《秋怀诗》,元和元年秋作。原十一首,兹选第二、第四、第五、第八、第九共五首。

〔1〕下：落，与后面“空阶一片下”的“下”字同。

〔2〕萧兰：萧艾和芝兰——恶草和香草。用刘孝标《广绝交书》“萧艾与芝兰共尽”句意。

〔3〕青青：指野草。

〔4〕禀受：禀性（本质的）和感受（外加的）。苦异：很不相同。指萧兰凋悴，野草犹青青；寒蝉无声，而蟋蟀恣鸣。

其四

秋气日恻恻[1]，秋空日凌凌[2]。上无枝上蜩[3]，下无盘中蝇[4]。岂不感时节，耳目无所憎[5]。清晓卷书坐，南山见高棱[6]。其下澄湫水[7]，有蛟寒可罾[8]。惜哉不得往，岂谓吾无能？

〔1〕恻恻：音cè，悲凄。

〔2〕凌凌：颤慄。

〔3〕蜩：音tiáo，蝉。

〔4〕盘：泛指食具。

〔5〕“耳目”句：是说已不听那讨厌的蝉声和不见那讨厌的苍蝇。

〔6〕棱：同“崚”，这里指山峰。

〔7〕湫水：低下窄隘处的水叫湫。这里湫水实指炭谷湫。

〔8〕“有蛟”句：罾，音zēng，鱼网；这里作动词用——以网捕。不说罾鱼，而说罾蛟，犹如说“屠龙”之类，托意颇壮，非平常捕鱼之意。

其五

离离挂空悲[1],戚戚抱虚警[2]。露泫秋树高[3],虫吊寒夜永[4]。敛退就新懦[5],趋营悼前猛[6]。归愚识夷涂[7],汲古得修绠[8]。名浮犹有耻,味薄真自幸。庶几遗悔尤[9],即此是幽屏[10]。

〔1〕离离:《诗经·小雅·湛露》:"其桐其椅,其实离离。"毛传:"离离,垂也。"这里不是指下垂的果实,而是喻挂着的空悲。

〔2〕虚警:与上句"空悲"为对文。程学恂《韩诗臆说》:"悲无所寄,故谓之空悲;警无所著,故谓之虚警。然实有所悲,实有所警也。"

〔3〕泫:流泪。各本或作"啼",或作"泣",意同。也有作"滴"的,较逊。

〔4〕永:长久。

〔5〕"敛退"句:意谓敛缩退却,做一个新的懦夫。

〔6〕"趋营"句:意谓过去那样进趋经营作猛士是可悲的。

〔7〕归愚:与前句"就新懦"含意相同,犹如说反朴、守拙。夷涂:平坦的道路。

〔8〕"汲古"句:修绠,长绳。《庄子·至乐》:"绠短者不可以汲深。"这里汲古指钻研古代的政治、学术、文章而言。得修绠,喻深入。

〔9〕"庶几"句:为差幸免于过失、免于谗谤的意思。《论语·为政》:"言寡尤,行寡悔。"

〔10〕"即此"句:幽屏,隐居。屏,读 bǐng。方世举云:"当用曹植《出归赋》'遂隳颓而失望,退幽屏于下处',盖谓屏居耳。"韩愈自以为

敛退、就懦、归愚、汲古、耻浮名、幸薄味、无悔无尤,就是幽屏,不必身在山林才算隐居。

其八

卷卷落地叶[1],随风走前轩。鸣声若有意,颠倒相追奔。空堂黄昏暮,我坐默不言。童子自外至,吹灯当我前[2]。问我我不应,馈我我不餐。退坐西壁下,读诗尽数编。作者非今士,相去时已千[3]。其言有感触,使我复凄酸。顾谓汝童子,置书且安眠。丈夫属有念,事业无穷年。

〔1〕卷卷:音义俱同“蜷蜷”,形容落叶干缩弯曲之状。

〔2〕吹灯:吹亮灯火。方世举云:“按吹有二义,《淮南·说山训》:‘或吹火而然(燃),或吹火而灭,所以吹者异也。’如王僧孺诗:‘月出夜灯吹’,此吹灭也。《拾遗记》:‘刘向校书天禄阁,夜有老人植青藜杖,登阁而进,见向暗中独坐诵书,乃吹杖端烟然(燃)。’《开元天宝遗事》:‘苏颋少好学,每患无灯烛,常于马厩灶中旋吹火光,照书诵焉。’此吹然(燃)也。公诗正如此。”

〔3〕“相去”句:谓距离作诗者已千年。

其九

霜风侵梧桐,众叶著树干。空阶一片下,琤若摧琅玕[1]。谓是夜气灭[2],望舒霣其团[3]。青冥无依倚,飞辙危难安[4]。惊起出户视,倚楹久汍澜[5]。忧愁费晷景[6],日月如跳丸。

迷复不计远，为君驻尘鞍〔7〕。

〔1〕琤：玉声。

〔2〕谓是：只是说。

〔3〕望舒：月的御车者。霣：音 yǔn，坠落。其团：指月轮。此写静夜闻落叶声如碎玉声，以为是月轮坠地。

〔4〕飞辙：喻运行着的月车。

〔5〕楹：庭柱。汍澜，喻流泪。

〔6〕晷景：音 guǐ yǐng，日、月的移影。景，通“影”。

〔7〕“为君”句：言日月能为人停留吗？

三星行

我生之辰，月宿南斗〔1〕。牛奋其角〔2〕，箕张其口。牛不见服箱〔3〕，斗不挹酒浆〔4〕；箕独有神灵，无时停簸扬〔5〕。无善名已闻，无恶声已讙〔6〕；名声相乘除〔7〕，得少失有馀。三星各在天，什伍东西陈〔8〕。嗟汝牛与斗，汝独不能神。

元和二年（公元 807 年）作。元和元年六月，韩愈自江陵召拜国子博士。回朝后，谗臣多有蜚语。韩愈恐为其害，遂于元和二年请求分司东都（洛阳）。据方成珪《昌黎先生诗文年谱》云，作此诗时，尚未赴东都。这首诗想象丰富，并运用曲喻的手法，在韩诗中颇为奇特。顾嗣立注本诗题下引原注：“三星，斗、牛、箕。”这与《诗经·唐风·绸缪》“三星在天”的三星（猎户星座）所指不同。

〔1〕月宿南斗：谓月亮正停留在南斗之中。南斗，亦省称为斗，二十八宿之一，属人马星座。古人选择黄道附近二十八个星宿（每个星宿都由数颗星组成）作为坐标，来观察日月五星的运行，并以测定岁时季节。下文的“牛”、“箕”，亦均为二十八宿之一，与斗宿相毗邻。

〔2〕奋其角：方世举注引张晏说：“奋角者，有芒角也。”此说意较含糊。奋，动、摇；角，即指牛角。这句意思是，牛宿像牛摆动着犄角要争斗的样子。这样解释似与下句“箕张其口”文意更连贯，句式更工稳。

〔3〕服箱：即驾车。此句全用《诗经·小雅·大东》“睆彼牵牛，不以服箱”诗意。箱是车箱，代指车。

〔4〕斗不挹酒浆：斗宿有六星，联接起来有如古代酌酒的斗形。挹，音 yì，舀。此句亦全本《大东》：“维北有斗，不可以挹酒浆。”按箕、斗二宿同时出现在夜空时，箕在南，斗在北。

〔5〕“箕独有神灵”二句：箕宿有四星，成梯形，上狭下宽，状如簸箕。《大东》诗云：“维南有箕，不可以簸扬。”韩愈这两句诗反用其意，谓唯独箕宿有神灵，一刻不停地在簸扬，借以曲喻自己受谗人的频频排挤。

〔6〕讙：音 huān，喧哗。

〔7〕乘除：这里是消长的意思。

〔8〕“什伍”句：是说斗、牛、箕三个星宿在天空东西纵横排列。什伍，犹纵横；陈，排列。乐府《艳歌何尝行》：“什什伍伍，罗列成行。”

青青水中蒲三首

其一

青青水中蒲，下有一双鱼。君今上陇去，我在与谁居？

《青青水中蒲三首》，方成珪《昌黎先生诗文年谱》列在无年可考内，方世举《昌黎诗集编年笺注》列为元和二年分司东都时作，姑从后者。迩冬旧藏《昌黎诗集编年笺注》本，有过录李宪乔批语，于此诗云："三诗不过思妇之词，不知寄托所在。近来选家必列三诗，亦不知何所见也。"此言未安。这三首诗全用比兴手法，酷似汉魏六朝民歌，语言清新，比拟贴切，通俗流畅，而又情思婉转，即便是"思妇之词"，拟古之作，亦不失为佳制。由于语意浅显，故无须加注。

其二

青青水中蒲，长在中央居。寄语浮萍草，相遇我不如。

其三

青青水中蒲，叶短不出水。妇人不下堂，行子在万里。

赠唐衢

虎有爪兮牛有角，虎可搏兮牛可触。奈何君独抱奇材，手把锄犁饿空谷〔1〕！当今天子急贤良〔2〕，匭函朝出开明光〔3〕。何不上书自荐达，坐令四海如虞唐〔4〕？

元和三年（公元808年）在洛阳作。作者于元和二年以国子博士分司东都,在这一时期中,唐衢是韩愈的宾客,相从甚密。《旧唐书》列传第一百十:“唐衢者,应进士久而不第。能为歌诗,意多感发。见人文章有所伤叹者,读讫必哭,涕泗不能已。每与人言论,既相别,发声一号,音辞哀切,闻之者莫不凄然泣下。尝游太原,属戎帅军宴,衢得与会,酒酣言事,抗音而哭,一席不乐,为之罢宴。故世称‘唐衢善哭’。”

〔1〕钽,同“锄”。

〔2〕“当今”句:谓宪宗急于求贤良之士。《资治通鉴·唐纪》五十三:宪宗元和三年,“夏四月,上(指宪宗)策试贤良方正直言极谏举人。伊阙尉牛僧孺、陆浑尉皇甫湜、前进士李宗闵,皆指陈时政之失,无所避”。

〔3〕匦函:唐代武后朝开始设“匦院”(收集意见的官署),玄宗朝设“知匦使”(掌管收集意见的官),匦函就是意见箱。匦,音 guǐ。明光:汉代有明光殿,这里以明光代指唐殿。

〔4〕坐令:因而使得。令,读 líng。虞唐:尧舜时代。一般常说“唐、虞”,这里为了叶韵,所以后先互调。

白居易有赠唐衢诗:“贾谊哭时事,阮籍哭路歧,唐生今亦哭,异代同其悲。唐生者何人?五十寒且饥。不悲口无食,不悲身无衣,所悲忠与义,悲甚则哭之。太尉击贼日,尚书叱盗时,大夫死凶寇,谏议谪蛮夷。每见如此事,声发涕辄随。我亦君之徒,郁郁何所为?不能发声哭,转作乐府辞。……”程学恂云:“乐天遗唐衢诗,全赋其哭。此(韩愈这诗)独不及其哭,但称其才而已。须知哭处正是奇材无所发泄处也。”

祖席秋字(选一首)

淮南悲木落[1],而我亦伤秋。况与故人别,那堪羁宦愁[2]!荣华今异路[3],风雨昔同忧[4]。莫以宜春远[5],江山多胜游。

元和三年秋在洛阳作。这诗是送王涯的。《旧唐书》列传一百一十九:王涯"元和三年,为宰相李吉甫所怒,罢学士,守都官员外郎,再贬虢州司马"。《新唐书》列传一百四:"元和初,会其甥皇甫湜以贤良方正对策异等,忤宰相,涯坐不避嫌,罢学士,再贬虢州司马,徙为袁州刺史。"韩愈前一首诗还说"当今天子急贤良",劝唐衢"何不上书自荐达",这里他老朋友的外甥正因应贤良试出了差错,忤了宰相,罪延母舅。韩愈也感到"荣华今异路"了。这时王涯赴袁州,朋友饯行,分韵作诗,韩愈原作二首,选其二。祖席,饯行的酒宴;作为诗题,是饯行宴上作,送别的意思。此首题下"秋字",指大家作诗时作者分得"秋"字韵。

〔1〕"淮南"句:《淮南子·说山训》:"桑叶落而长年悲。"

〔2〕羁宦:游宦——寄身他乡作官。

〔3〕"荣华"句:荣华的本义是草木发花——《尔雅·释草》:"木谓之华,草谓之荣。"后来借喻富贵、显达。这里表面上仍用本义,以时景而言,是"木落";以人事而言,是"伤秋";荣华当然是异路。但同样也借喻王涯的遭贬,自己的道不行,都与荣华异路。

〔4〕"风雨"句:《诗经·郑风》有《风雨》一篇,《小序》解释是乱世

思君子之作，也有解作怀故人的。同忧，共患难的意思。昔，各本多作“苦”，方成珪《韩文笺正》云“当作昔”，沈德潜《唐诗别裁集》亦作“昔”，似较胜。

〔5〕宜春：唐时袁州治所，即今江西省宜春县。

送湖南李正字归

长沙入楚深，洞庭值秋晚。人随鸿雁少，江共蒹葭远〔1〕。历历余所经〔2〕，悠悠子当返。孤游怀耿介〔3〕，旅宿梦婉娩〔4〕。风土稍殊音〔5〕，鱼虾日异饭〔6〕。亲交俱在此〔7〕，谁与同息偃〔8〕？

元和四年（公元809年）在洛阳作。作者文集中有《送湖南李正字序》，末云“重李生之还者皆为诗，愈最故，故又为序云”。那序当即这诗的序。李础，贞元十九年登进士第，元和初为秘书省正字，湖南观察推官。李础的父亲李仁钧，当时在洛阳为亲王长史。础来省父复去，据序云：“禄不足以养，李生虽欲不从事于外，其势不可得已也。”

〔1〕“江共”句：用《诗经·秦风·蒹葭》“蒹葭苍苍，白露为霜。所谓伊人，在水一方”句意。蒹葭，芦苇。

〔2〕“历历”句：谓李础南归这一条路，处处是韩愈自己经过的。按，贞元十九年韩愈被贬连州阳山令，永贞元年授江陵府法曹参军，去还都经过湖南。

〔3〕耿介：光明正大。此誉李础。

〔4〕婉婉：依恋之情。

〔5〕殊音：不同的语言、风俗。

〔6〕异饭：不同的食品、生活。

〔7〕“亲交”句：序文说：“贞元中，愈从太傅陇西公平汴州，李生之尊府以侍御史管汴之盐铁。……今愈以都官郎守东都省，侍御自衡州刺史为亲王长史，亦留此掌其府事。李生自湖南从事请告来觐。于时，太傅府之士惟愈与河南司录周君独存，其外则李氏父子，相与为四人。”又说：“往时侍御有无尽费于朋友，及今则又不忍其三族之寒饥，聚而馆之，疏远毕至。……”

〔8〕“谁与”句：息偃，坐卧、休息，指归休的生活。这里说“谁与同”，应上句“亲交俱在此”而不在湖南。这一问，深含李础之行是不得已而归，归而不得休之意。

莎栅联句

冰溪时咽绝〔1〕，风枥方轩举〔2〕（愈）。此处不断肠，定知无断处（郊）。

元和五年（公元810年）冬作。是时韩愈初授河南令。莎栅，山谷名，顾嗣立注引《河南志》：“莎栅谷水在永宁县西三十里，出莎岭，东流入昌谷。”联句，系二人以上交替吟咏的诗歌创作形式。韩诗中联句之作较多，也较长，无甚可取。唯此与孟郊的五绝联句，格调较高，意境亦胜。故选入，以备一格。

〔1〕冰溪：即指莎栅谷水，时值冬令，水极寒。咽绝：谓溪水流声本

如鸣咽抽泣,现在已冻结为冰,故云咽绝。

〔2〕轩举:同义复词,都是飞扬的意思。

李花二首

其一

平旦入西园,梨花数株若矜夸。旁有一株李,颜色惨惨似含嗟。问之不肯道所以〔1〕独绕百匝至日斜〔2〕。忽忆前时经此树,正见芳意初萌芽。奈何趁酒不省录〔3〕,不见玉枝攒霜葩〔4〕?泫然为汝下雨泪,无由返旆羲和车〔5〕。东风吹来不解颜,苍茫夜气生相遮。冰盘夏荐碧实脆〔6〕,斥去不御惭其花〔7〕。

元和六年(公元811年)春作。

〔1〕不肯道所以:状李花"似含嗟"而又不说话,暗用"桃李不言"之喻。

〔2〕独绕百匝:写诗人(韩愈自己)爱李惜花的殷勤,暗用杜甫《百忧集行》"一日上树能千回"句意,而意境不同。

〔3〕省录:检点收拾。不省录,即疏忽之意。

〔4〕霜葩:与"玉枝"为对文,形容花白如霜,缀在枝头如玉。葩,音pā,花朵。

〔5〕旆:旗子。返旆,犹如说扯起回头旗。这里指使时间倒转来。

〔6〕“冰盘”句:是想象之词。碧实,指李子,盖李子有“碧李”之称。

〔7〕“斥去”句:斥,拒绝。御,服用——这里作服食解,下首“长姬香御四罗列”的“御”则是穿着。这句意思是说:因为愧对其花,将不食其果。

其二

当春天地争奢华,洛阳园苑尤纷拏[1]。谁堆平地万堆雪,剪刻作此连天花?日光赤色照未好,明月暂入都交加。夜领张彻投卢仝,乘云共至玉皇家[2]。长姬香御四罗列,缟裙练帨无等差[3]。静濯明妆有所奉,顾我未肯置齿牙[4]。清寒莹骨肝胆醒,一生思虑无由邪[5]。

〔1〕纷拏:纷纭错杂的样子。《淮南子·本经训》:“巧伪纷拏,以相摧错。”

〔2〕玉皇家:形容月下花间一片寒白。

〔3〕缟裙:用《诗经·郑风·出其东门》“缟衣綦巾,聊乐我员(魂)”之意。缟,白色细丝。练帨:与上“缟裙”对文。练,白色丝帛;帨,音 shuì,本义是丧衣,亦白色者,这里与裙均代指服饰。

〔4〕顾:可是、但。未肯置齿牙,亦上首“不御”之意。

〔5〕思虑无由邪:《论语·为政》:“子曰:‘诗三百,一言以蔽之,曰:思无邪。’”

寄卢仝

玉川先生洛城里,破屋数间而已矣。一奴长须不裹头,一婢赤脚老无齿。辛勤奉养十馀人，上有慈亲下妻子。先生结发憎俗徒[1]，闭门不出动一纪[2]。至今邻僧乞米送，仆忝县令能不耻[3]。俸钱供给公私馀，时致薄少助祭祀。劝参留守谒大尹[4]，言语才及辄掩耳[5]。水北山人得名声[6]，去年去作幕下士。水南山人又继往[7]，鞍马仆从塞闾里。少室山人索价高[8]，两以谏官征不起。彼皆刺口论世事，有力未免遭驱使。先生事业不可量，惟用法律自绳己。春秋三传束高阁[9]，独抱遗经究终始[10]。往年弄笔嘲同异，怪辞惊众谤不已。近来自说寻坦涂，犹上虚空跨騄駬[11]。去岁生儿名添丁，要令与国充耘耔。国家丁口连四海，岂无农夫亲耒耜？先生抱才终大用，宰相未许终不仕。假如不在陈力列[12]，立言垂范亦足恃。苗裔当蒙十世宥[13]，岂谓贻厥无基址[14]。故知忠孝生天性，洁身乱伦安足拟[15]？昨晚长须来下状[16]："隔墙恶少恶难似[17]。每骑屋山下窥瞰，浑舍惊怕走折趾[18]。凭依婚媾欺官吏[19]，不信令行能禁止。"先生受屈未曾语，忽此来告良有以。嗟我身为赤县令[20]，操权不用欲何俟！立召贼曹呼伍伯[21]：尽取鼠辈尸诸市[22]！先生又遣长须来："如此处置非所喜。况又当时长养节[23]，都邑未可猛政理。"先生固是余所畏，度量不敢窥涯涘[24]。放纵是谁之过欤？效尤戮仆愧前史[25]。买羊沽酒谢不敏，偶逢明月耀桃李。先生有意许降临，更遣长须致双鲤[26]。

元和六年春作。卢仝号玉川子，济源人（一说范阳人），是唐代名诗人之一,也是属于韩愈这个文学集团的人物——所谓"韩门"诗人。隐居登封少室山,不仕,贾岛说他"平生四十年,惟着白布衣"。韩愈为河南令时与他往来甚密,时有唱酬。其诗以险峻胜,与同时的"郊寒岛瘦"相鼎足,成为一时风尚。

〔1〕结发:即束发。古代礼俗:男子二十岁开始束发,表示成年。这里指刚成年时。

〔2〕一纪:十二年。

〔3〕仆忝县令:仆,古代男子自己卑称。忝,谦词,辱、不配的意思;这里作忝居、忝为解。时韩愈为河南令,故云。

〔4〕参留守:参见留守官;时郑馀庆任东都留守。谒大尹:进谒府尹;时李素治河南府,以少尹行大尹事。

〔5〕掩耳:形容不愿听。

〔6〕水北山人:指石洪,他住在洛水北岸。山人,隐居不仕者之称。

〔7〕水南山人:指温造,他住在洛水南岸。韩愈《送温处士赴河阳军序》:"洛之北涯曰石生,其南涯曰温生。大夫乌公镇河阳之三月,以石生为才,而罗致之幕下;未数月,以温生为才,又罗而致之幕下。"

〔8〕少室山人:指李渤,他初隐于庐山,后搬到少室山来。据《新唐书·李渤传》:元和初,户部侍郎李巽、谏议大夫韦况荐他,朝廷诏以左拾遗,他不赴;四年,河南少尹杜兼又持诏催他出山,他上书谢辞。所以下面说他"两以谏官征不起"。但后来还是出山做官的,不过"索价高"罢了。

〔9〕春秋三传:《左氏传》、《公羊传》、《穀梁传》的合称。各本多作"五传",注以三传外的邹氏、夹氏。按邹、夹二氏无传,朱熹已辩之。

〔10〕遗经:《后汉书·卓茂传》说刘宣"抱经书,隐蔽林薮";这里借喻卢仝。《许彦周诗话》:"玉川子《春秋传》,仆家旧有之,今亡矣。辞简而远,得圣人之意为多。"张澍云:"晁氏《读书志》:唐卢仝《春秋摘微》四

卷,祖无择得之金陵。《崇文总目》所不载。遗经句殆指是书。”那么,可能又是实指卢仝的著述,下面说“究终始”、“嘲同异”、“怪辞惊众”,想也都是指“遗经”的内容说的。

〔11〕上虚空:犹如说步青云。騄駬:即绿色耳朵的马,亦作“绿耳”。《穆天子传》:“右服骅骝而左绿耳”,绿耳与骅骝对文,都是良马。

〔12〕陈力列:《论语·季氏》:“陈力就列,不能者止。”陈力,是说贡献出才能、力量;就列,是说各就其岗位。

〔13〕苗裔:后代。当蒙十世宥:会受到十世的庇佑、幸福。《左传》襄公二十一年说叔向“谋而鲜过,惠训不倦”,是“社稷之固也。犹将十世宥之”。这里喻“立言垂范”之功。

〔14〕贻厥:《诗经·大雅·文王有声》:“贻厥孙谋。”这里是歇后语,用“贻厥”隐代“孙谋”,犹如“友于兄弟”,一般常用“友于”指“兄弟”。又:贻厥亦可通“遗孑”。“岂谓贻厥无基址”,应上句“苗裔当蒙十世宥”。

〔15〕洁身乱伦:《论语·微子》“欲洁其身,而乱大伦”,是说隐士无“君臣”之伦。安足拟:哪能够相比?是说卢仝虽隐居,而立言发扬忠孝,非“洁身乱伦”一类的人。

〔16〕下状:投递状子。状,诉文。

〔17〕难似:犹如说无比、再没有像这样的。

〔18〕浑舍:全家。

〔19〕凭依婚媾:是说那隔墙恶少是豪门的亲戚,倚豪门的势力。

〔20〕赤县:大县、首县。

〔21〕贼曹:司捕盗职者。伍伯:伍长,一作“五百”,司鞭杖职者。

〔22〕鼠辈:指恶少们。尸诸市:斩首示众。这是故张其词,并非真打算这样办,也绝不可能这样办。恶少窥屋,罪不至此。以上四句,故作诙谐语,以便下文突出卢仝之贤。

〔23〕长养节：指春日，一切生物生长、繁殖的季节。这时候是不应该用刑的。《月令》："仲春之月，桃始华。命有司省囹圄（减少囚犯），去桎梏（免去枷梏），毋肆掠（虐），止狱讼。"所以古代斩决之刑，一般都在秋天执行。

〔24〕不敢：不能。涯涘：边际。涘，音 sì。

〔25〕"效尤"句：指《左传》所记晋国魏绛为官的故事：襄公三年，"晋侯之弟杨干乱行于曲梁，魏绛戮其仆"。这里自愧没有照着魏绛那样处理。

〔26〕双鲤：古诗《饮马长城窟行》："客从远方来，遗我双鲤鱼。呼儿烹鲤鱼，中有尺素书。"后来便以"双鲤"（由"双鲤"而泛用"鲤"或"鱼"）代指书信。

石鼓歌

张生手持石鼓文〔1〕，劝我试作石鼓歌。少陵无人谪仙死〔2〕，才薄将奈石鼓何！周纲凌迟四海沸〔3〕，宣王愤起挥天戈〔4〕。大开明堂受朝贺〔5〕，诸侯剑珮鸣相磨〔6〕。搜于岐阳骋雄俊，万里禽兽皆遮罗〔7〕。镌功勒成告万世〔8〕，凿石作鼓隳嵯峨。从臣才艺咸第一，拣选撰刻留山阿〔9〕。雨淋日炙野火燎，鬼物守护烦撝诃〔10〕。公从何处得纸本？毫发尽备无差讹。辞严义密读难晓〔11〕，字体不类隶与科〔12〕。年深岂免有缺画，快剑斫断生蛟鼍〔13〕；鸾翔凤翥众仙下；珊瑚碧树交枝柯；金绳铁索锁纽壮；古鼎跃水龙腾梭〔14〕。陋儒编诗不得入〔15〕，二雅褊迫无委蛇〔16〕。孔子西行不到秦，掎摭星宿遗羲娥[17]。嗟余好古生苦晚[18]，对此涕泪双滂沱。忆昔初蒙博士征，其年始改称元和。故人从军在右辅[19]，为我量度掘臼科[20]。濯冠沐浴告祭酒[21]：如此至宝存岂多！毡苞席裹可立致[22]，十鼓只载数骆驼。荐诸太庙比郜鼎[23]，光价岂止百倍过[24]。圣恩若许留太学，诸生讲解得切磋。观经鸿都尚填咽[25]，坐见举国来奔波[26]。剜苔剔藓露节角[27]，安置妥帖平不颇[28]。大厦深檐与盖覆，经历久远期无佗[29]。中朝大官老于事[30]，讵肯感激徒媕婀[31]！牧童敲火牛砺角，谁复著手为摩挲。日销月铄就埋没，六年西顾空吟哦。羲之俗书趁姿媚[32]，数纸尚可博白鹅[33]。继周八代争战罢[34]，无人收拾理则那[35]。方今太平日无事，柄用儒术崇丘轲[36]。安能以此尚论列，愿借辩口如悬河。石鼓之歌止于此，呜呼吾意其蹉跎[37]！

元和六年作。石鼓是我国传世的珍贵文物，是今存刻石中最早的。其形如鼓，所以俗称“石鼓”。学者们也叫它“猎碣”，因为那上面刻的是周秦贵族田猎纪功的事。一共是十首组诗（四言诗），分刻在十个鼓形的石上，是《诗经》三百零五篇以外仅见的作品。书体是大篆，刻法又精工，因此它在文学史、文字发展史、美术史、尤其是在考古学方面，均占有极重要的地位。七世纪初（唐初）发现于陕西雍县，经过五代时的散失，宋初的复聚，又金族侵略兵的掠运，若干次的搬移，千百次的捶拓，到现在，那上面的字较韩愈所见时更多地剥蚀、漫灭了。解放以后，它才受到最好的保护，存放在故宫博物院雕塑馆中。关于石鼓的年代，一直到现在为止，考订不一，争论不休。近代金石家和当代考古学家认为是春秋时代秦国刻石，其说比较流行。但又有秦襄公时、秦文公时、秦穆公时、秦献公时等主张，尚无定论。在韩愈以及其他的唐代学者，他们差不多都一致认为是周宣王时物，是太史籀写的。本诗即持此说。这首诗体势典重，音节响朗，把枯燥的“金石学”入诗，而写得生动开张，为后来以学术内容写诗的人，开了这么一条途径。

〔1〕张生：即张籍。石鼓文：这里指石鼓文字的拓片——纸本。

〔2〕无人：没有人了——死了。为了不与下面说谪仙（李白）的死重复，这里就说没有少陵（杜甫）这样的人。

〔3〕周纲：周王朝的统治。纲，本义是总揽全网的大绳，一般用“王纲”喻封建政治枢纽。凌迟：衰微、没落。四海沸：喻天下骚乱、群雄割据。

〔4〕宣王：周厉王（姬胡）的儿子，名靖，旧的史书上称他为周代“中兴之主”。他在位四十六年（公元前827—前788年），对于抵抗当时异民族的侵入，他是颇有些功绩的。愤起挥天戈：指公元前825年与西戎的战争，前823年与猃狁、荆蛮、淮夷、徐戎的战争等。天戈，谓王师。

〔5〕明堂：周天子举行朝会、祭祀、晏功、选士等大典的地方，犹如后世的大礼堂、大会场之类。

〔6〕鸣相磨：相磨擦发声。用剑佩之多来形容诸侯朝会之盛。

〔7〕遮罗：拦路、罗列周围。形容禽兽之多。

〔8〕镌功：刻石纪功。镌，音juān。勒成：刻成文字。勒，也是刻的意思。

〔9〕拣选撰刻：谓拣石、选工、撰（撰）文、刻字。山阿：即山丘、山陵。《楚辞·山鬼》：“若有人兮山之阿。”

〔10〕㧑诃：指守护之严。㧑，音huī，指挥；诃，斥禁。

〔11〕辞严：文辞严正。义密：文义隐秘。读难晓：文字难以认识。

〔12〕隶与科:隶字与科(蝌)斗文字。隶字是秦、汉时代的通用文字(那时的简体字);科斗文字是更古的象形文字。按,石鼓文是大篆,所以这里说"字体不类隶与科"。

〔13〕"快剑"句:杜甫《李潮八分小篆歌》:"况潮小篆逼秦相,快剑长戟森相向。八分一字值千金,蛟龙盘拏力屈强。"此用其意,形容石鼓文字结体之奇,用笔之雄。以下数句连喻,都是形容石鼓文字体势、笔画的,而又加以入土已久,土石相结,出土以后,风雨剥蚀,于是那上面的字形或如鸟群,或如树枝交错,或如绳索纽结……。鼍,音 tuó,一种吻短体长、背尾有鳞甲的爬行动物。

〔14〕"古鼎"句:《史记·封禅书》:"宋太丘社亡,而鼎没于泗水彭城下";同书《秦始皇本纪》,说秦始皇东巡还,过彭城时,"欲出周鼎泗水,使千人没水求之,不得"。这里喻字没有了,如一片水波,难寻其迹。偶尔略见笔画,也像飞龙一瞥而过,或现首不现尾,或现一鳞一爪,字的全形终不可见。

〔15〕编诗:指《诗经》的编成。

〔16〕二雅:即小雅和大雅——《诗经》的一部分。褊迫:狭窄。委蛇:这里读 wēi tuó,通"委佗",《诗经·鄘风·君子偕老》:"委委佗佗",是形容宽大之美;同书《羔羊》:"委蛇委蛇",是形容从容之貌。这里委蛇与褊迫对文,隐指石鼓文的委蛇,为二雅所没有。

〔17〕掎摭:音 jǐ zhí,摘取。羲娥:即羲和,这里代指太阳。一说分指羲和、嫦娥,并言日月。遗羲娥,遗漏了太阳、月亮;喻《诗经》中没有收进石鼓文。

〔18〕苦晚:甚迟、太后。

〔19〕右辅:在首都右(西)边辅翼之地。《三辅黄图》:汉时"以渭城以西为右扶风,长安以东属京兆尹,长陵以北属左冯翊,以辅京师,谓之三辅"。右辅即右扶风,在唐代为凤翔府。时韩愈有故人为凤翔节度府

从事。

〔20〕科:“窠”的借字。臼科,坑坎,这里指安置石鼓的凹形底座。

〔21〕祭酒:官名。指郑馀庆。时郑馀庆为国子祭酒。自晋迄清,国子祭酒一职,为国家最高学术机关首长,以年高、望重、学富者任之。

〔22〕苞:这里作动词用,同“包”。

〔23〕郜鼎:春秋时代的青铜器。《春秋》桓公二年:“取郜大鼎于宋。”

〔24〕光价:它的光辉、价值。

〔25〕鸿都:一作“洪都”,即鸿都门,后汉灵帝光和元年设立,是当时讲学之处。填咽:充塞、拥挤。灵帝熹平四年,蔡邕等奏请“正定六经文字”,并书写经文刻石,立于太学门外,这就是有名的“汉石经”。《后汉书·蔡邕传》:“及碑始立,其观视及摹写者,车乘日千馀两(辆),填塞街陌。”韩愈似误以观经太学门为观经鸿都门。

〔26〕坐见:将见。此为预料之词。

〔27〕剜苔剔藓:因为石鼓“雨淋日炙”多年,上面生满了苔藓;要使字迹清晰,就要剜剔那上面的附着物。

〔28〕颇:偏斜、不平。

〔29〕期无佗:是说希望没有什么意外。佗,同“他”。

〔30〕中朝大官:指郑馀庆。

〔31〕婵娿:音 ān ē,犹移不决貌。当时郑馀庆因到职未久,而去任又速,没有及时采纳韩愈的请求。作者这里似对他有微词。

〔32〕“羲之”句:羲之,即王羲之,字逸少,晋时人,我国最大的书法家,世称“书圣”。他的书法,为千馀年来习行书、草书、真书者所宗。尤其是唐代,帝王、臣民,都重“王字”,成为一时的风尚。韩愈说他的字是“俗书”,意谓其字是通俗的书写体,与秦以前的篆书、秦以后的隶书等古写体相对而言。这句话实有所本,晋卫夫人语:“卫有一弟子王逸少,

甚能学卫真书,咄咄逼人,笔势洞精,字体遒媚。”(见《晋卫夫人帖》)吴德旋《初月楼论书随笔》说韩愈“意欲推高古篆,乃故作此抑扬之语”。旧注议论纷纭,或以为韩愈指的是王羲之书法“不讲偏旁”,或以为这是韩愈的“卓见”,或则以为韩愈“非留意于书者”,或以为韩愈“狂妄”……均失其意。

〔33〕“数纸”句:博,取之于人,这里有换得的意思。《晋书·王羲之传》:“性爱鹅。山阴有一道士,养好鹅,羲之往观焉,意其悦,固求市(交易、购买)之。道士云:‘为写道德经,当举群相赠耳。’羲之欣然,写毕,笼鹅而归。”

〔34〕继周八代:周以后的八个王朝。樊汝霖云:“今以石鼓所在言之,其秦、汉、魏、晋、元魏(北魏)、齐(北齐)、周(北周)、隋八代欤?”

〔35〕收拾:翁方纲云:“收拾二字,合上讲解,切磋义俱在其中。”那,这里读 nuó,有奈何、为什么的意思。

〔36〕丘轲:孔丘(孔子)、孟轲(孟子)。

〔37〕蹉跎:朱彝尊云:“叹意不遂。”

峡石西泉

居然鳞介不能容〔1〕,石眼环环水一钟〔2〕。闻说旱时求得雨〔3〕,只疑科斗是蛟龙〔4〕。

钱仲联《韩昌黎诗系年集释》:“此当是元和六年秋自河南令入为职方员外郎道经陕州时所作。”

〔1〕鳞介:指龙。

〔2〕环环：形容其圆。钟：同“盅”。一钟，极言流泉之小——只有那么一杯儿的水。

〔3〕旱时求得雨：沈钦韩注引《明一统志》：“虾蟆泉在陕州城西门外，水自石眼流出，内生科斗，祷雨即应。”

〔4〕“只疑”句：古人以为“蛟龙”司云雨，韩愈却借题发挥，翻出新意。但上句云“闻说”，这句说“只疑”，是含意不尽，留有馀地的写法。

送无本师归范阳

无本于为文，身大不及胆〔1〕。吾尝示之难，勇往无不敢。蛟龙弄角牙，造次欲手揽〔2〕。众鬼囚大幽〔3〕，下觑袭玄窞〔4〕。天阳熙四海，注视首不颔〔5〕。鲸鹏相摩窣〔6〕，两举快一啖〔7〕。夫岂能必然，固已谢黯黮〔8〕。狂词肆滂葩，低昂见舒惨〔9〕。奸穷怪变得〔10〕，往往造平澹〔11〕。蜂蝉碎锦缬〔12〕，绿池披菡萏〔13〕。芝英擢荒蓁〔14〕，孤翮起连菼〔15〕。家住幽都远〔16〕，未识气先感〔17〕。来寻吾何能，无殊嗜昌歜〔18〕。始见洛阳春，桃枝缀红糁〔19〕。遂来长安里，时卦转习坎〔20〕。老懒无斗心〔21〕，久不事铅椠〔22〕。欲以金帛酬，举室常颇颔〔23〕。念当委我去〔24〕，雪霜刻以憯〔25〕。狞飙搅空衢〔26〕，天地与顿撼〔27〕。勉率吐歌诗〔28〕，尉女别后览〔29〕。

元和六年冬作。题下原注：“即贾岛也。”贾岛（779—843 年），字浪仙，范阳（今河北涿县）人，无本是他早年做和尚的法名，后受韩愈的影响，还了俗，举进士。他是唐代著名诗人，有《长江集》。其文学关系，属于“韩门”；其诗与孟郊并称。韩愈对于他诗艺术的评价，可以由这一首概见。韩愈另一首诗：“孟郊死葬北邙山，日月星辰顿觉闲。天恐文章中断绝，再生贾岛在人间。”孟郊说他：“瘦僧卧冰凌，嘲咏含金痍；金痍非战痕，峭病方在兹。”可以看出贾岛作诗也是“苦吟”的。苏轼说的“岛瘦”，实原于此。所谓“苦吟”，就是苦思沉吟，反覆推敲（“推敲”的故事即出于贾岛）；“两句三年得，一吟双泪流”，语虽夸张，但其写诗的“苦吟”精神可以概见。其诗以五律见长，原出杜甫，而以描写细小之事、幽微之境出奇。晚唐、南宋、晚清都各有一批诗人趋步贾岛，构成生涩、险怪一派诗风。

〔1〕“身大”句：是说他胆大包身。

〔2〕“造次”句：是形容胆大，不怕蛟龙角牙，想揽之在手。造次，仓猝、急忙、不加考虑就做。

〔3〕大幽：最黑暗的地方。大，读 tài。

〔4〕玄窞：幽深洞穴。窞，音 tǎn。

〔5〕顉：音 hàn，头部摇动。按，各本均作“颔”，张澍云：“作‘顉’是，下有‘颔’字重。”韩愈使用文字、词汇最丰富而最讲究，不会在这样四十句、二十韵的诗中重复两个“颔”字作韵脚，从“顉”为是。

〔6〕摩：飞天；窣：音 sū，出洞。

〔7〕啖：吞食。以上六句连喻，说他下探鬼穴心不惧，上视太阳头不晕，而且能一口吞下鲸鹏，都是说他胆大，“勇往无不敢”。

〔8〕黯黮：不明，失意。谢黯黮，是作者的谦词，是说不知其所以然。黮，音 zhǎn。

〔9〕舒惨：欢与悲、畅快与忧愁。张衡《西京赋》：“夫人在阳时则舒，在阴时则惨。”

〔10〕“奸穷”句：是说贾岛写诗：巧思（奸）、苦吟（穷）、不平凡（怪）、不因袭（变），获得成就。

〔11〕“往往”句：造，达到。澹，同“淡”。这句是说贾岛诗无论怎样巧思、苦吟、奇特、变化，而结果常归于平淡。下面四句，即喻归平淡后的最高境界。这是韩愈看到了贾岛的创作途径，也是韩愈自示其“诗法”。旧注引俞玚云：“凡昌黎先生论文诸作，极有关系，其中次第，俱从亲身历过，故能言其甘苦，亲切乃尔。如此诗云：‘无本于为文，身大不及胆。吾尝示之难，勇往无不敢’，作诗入手须要胆力，全在勇往上见其造诣之高。又云：‘奸穷怪变得，往往造平澹’，平澹得于能变之后，所谓‘渐近自然’也。此境夫岂易到？公之指点来学者深矣、微矣！”

〔12〕锦：锦绣，这里喻百花，是蜂所采以酿蜜的。缬：彩丝，这里指轻纱，蝉饮百花之露才能有那样的薄翼。

〔13〕菡萏：音 hàn dàn，荷花。

〔14〕芝英：香草香花。擢：音 zhuó，抽引、特出。蓁：音 zhēn，通“榛”，荆棘丛。擢荒蓁，从荒草丛棘中擢出。

〔15〕“孤翮”句：是说不群的健飞的鸟从芦丛中飞起。翮，本义是主羽的羽干，这里意指劲羽。菼，音 tǎn，芦荻。

〔16〕幽都：幽州之都，指范阳。

〔17〕“未识”句：谓不相识而先已同气相求。按，贾岛有《携新文诣张籍、韩愈，途中成》诗云：“袖有新成诗，欲见张韩老。青竹未生翼，一步万里道。仰望青冥天，云雪压我脑。失却终南山，惆怅满怀抱。安得西北风，身愿变蓬草。地祇闻此语，突出惊我到。”

〔18〕昌歜：菖蒲。《吕氏春秋》：“文王好昌歜菹（菖蒲切细），孔子闻之，蹙额而食之，三年然后美之。”歜，音 zàn。

〔19〕糁：音 sǎn，本义为米粒，这里指小朵缤纷。

〔20〕“时卦”句：古人以八卦推算时间，坎卦是十一月。旧注云：

“公(韩愈)是年秋,迁职方员外郎,遂来长安里。与之(贾岛)别,十一月矣。”

〔21〕斗心:乐意。

〔22〕铅椠:笔札,指写作。古人以铅为笔,削木片的札叫椠。椠,音qiàn。

〔23〕颇颔:音 kǎn hàn,屈原《离骚》:“长颇颔亦何伤”,王逸注:“不饱貌”。

〔24〕委我去:点明贾岛将行。委,弃,这里作离别解。

〔25〕刻以憯:严刻、凛冽而又使人心伤。形容霜雪之厉。这里“以”字作“且”字解。憯,同“惨”。

〔26〕狞飙:暴风。

〔27〕顿撼:摇动。

〔28〕勉率:勉力。

〔29〕尉女:即“慰汝”。

卢郎中云夫寄示送盘谷子诗两章,歌以和之

昔寻李愿向盘谷,正见高崖巨壁争开张;是时新晴天井溢[1],谁把长剑倚太行[2]?冲风吹破落天外,飞雨白日洒洛阳[3]。东蹈燕川食旷野,有馈木蕨芽满筐。马头溪深不可厉[4],借车载过水入箱[5]。平沙绿浪榜方口[6],雁鸭飞起穿垂杨。穷探极览颇恣横,物外日月本不忙。归来辛苦欲

谁为[7],坐令再往之计堕渺茫[8]!闭门长安三日雪,堆书扑笔歌慨慷[9],旁无壮士遣属和,远忆卢老诗颠狂。开缄忽睹送归作[10],字向纸上皆轩昂。又知李侯竟不顾[11],方冬独入崔嵬藏[12]。我今进退几时决[13]?十年蠢蠢随朝行[14]。家请官供不报答,无异雀鼠偷太仓[15]。行抽手版付丞相[16],不待弹劾还耕桑[17]。

元和七年(公元812年)作于长安。卢云夫,名汀,时任虞部司门库部郎曹。韩愈和他唱和的诗很多。盘谷子即李愿。

〔1〕天井:关名。天井关在太行山上,有天井溪,即北流泉。

〔2〕长剑倚太行:五百家注本引孙汝听云:“水自天井倾泻而下,如长剑之倚山。”

〔3〕“冲风”二句:冲风,屈原《九歌·河伯》:“与女游兮九河,冲风起兮横波”,王逸注:“冲,隧也”;洪兴祖补注引《诗经》“大风有隧”。冲风即大风,从关隘(隧)吹过的风。一说“飘风”。吹破,指吹破了“长剑”,化为“飞雨”。这样一来,就把太行和洛阳联系起来了。苏轼《有美堂暴雨》“天外黑风吹海立,浙东飞雨过江来”的名句,实从韩诗的这两句化出,而又青胜于蓝。

〔4〕厉:古“濿”字的省写,涉、渡的意思。《诗经·邶风·匏有苦叶》:“深则厉,浅则揭。”毛氏笺:“以衣涉水为厉”,是说水深到腰部,要打湿衣服,不同水浅时在膝部,可以揭衣而过。

〔5〕箱:通“厢”,指车厢。

〔6〕榜:行船。方口:地名,即枋口,又作坊口,在太行山下。

〔7〕谁为:即为谁——作什么。

〔8〕坐令:空使。

〔9〕扑笔:掷笔。

〔10〕缄:指书信。送归作:即本诗题《卢郎中云夫寄示送盘谷子诗》。

〔11〕李侯:指李愿。

〔12〕崔嵬:高山,这里指盘谷。

〔13〕进退:进取、退休。

〔14〕“十年”句:韩愈自贞元十九年为御史登朝,至元和七年恰是十年。

〔15〕雀鼠偷太仓:《史记·李斯列传》:李斯“年少时,为郡小吏,见吏舍厕中鼠食不洁,近人犬,数惊恐之。斯入仓,观仓中鼠食积粟,居大庑之下,不见人犬之忧。于是李斯乃叹曰:‘人之贤不肖,譬如鼠矣。在所自处耳!’乃从荀卿学帝王之术。……”在李斯看来,作“郡小吏”是“食不洁”之鼠,“学帝王之术”即所谓做帝王师是“食积粟”之鼠。在韩愈说来,“家请官供不报答”是可耻的事。

〔16〕“行抽”句:行,即将。手版,即笏——竹或象牙制的长片,古代臣子朝见君王时用以记事、记话的,后来改用手本。丞相,即宰相,是全国最高的行政长官。把手版交给丞相,喻退职。

〔17〕弹劾:检举过失、揭发罪状。

和虢州刘给事使君三堂新题二十一咏并序(选五首)

虢州刺史宅连水池竹林,往往为亭台岛渚,目其处为三堂。刘兄自给事中出刺此州,在任逾岁,职修人治,州中称无事。颇复增饰，从子弟而游其间。又作二十一诗以咏其事，流行京师，文士争和之。余与刘善，故亦同作。

渚亭

自有人知处，那无步往踪。莫教安四壁〔1〕，面面看芙蓉〔2〕。

《和虢州刘给事使君三堂新题二十一咏》，元和九年（公元814年）作。刘给事，名伯刍，字素芝，元和八年以给事史出任虢州（治所在今河南灵宝）刺史。题云“二十一咏”，即二十一首。

〔1〕安四壁：安装亭的四壁。

〔2〕“面面”句：芙蓉，荷花。亭四面无壁，却可以面面看荷。

柳溪

柳树谁人种：行行夹岸高。莫将条系缆〔1〕，著处有蝉号。

〔1〕条系缆：柳条系船。

柳巷

柳巷还飞絮，春馀几许时？吏人休报事〔1〕，公作送春诗。

〔1〕休报事：不要来报告公事。意谓勿以俗事相扰。作者在《蓝田县丞厅壁记》中有一处也是写因吟诗而不愿被公务扰及的话：“日哦其

间，有问者，辄对曰：‘余方有公事，子姑去！’”那是曲说，比这诗的直说似更有味道。

镜潭

非铸复非熔〔1〕，泓澄忽此逢〔2〕。鱼虾不用避，只是照蛟龙。

〔1〕铸、熔：古代镜子是青铜制的，所以说“铸”、“熔”。

〔2〕泓澄：水静而清。

孤屿

朝游孤屿南，暮戏孤屿北。所以孤屿鸟，与公尽相识。

广宣上人频见过

三百六旬长扰扰〔1〕，不冲风雨即尘埃〔2〕。久为朝士无裨补，空愧高僧数往来〔3〕。学道穷年何所得？吟诗竟日未能回。天寒古寺游人少，红叶窗前有几堆〔4〕。

约元和九年作。上人，和尚的尊称。广宣上人是当时有名的诗僧。此诗刺上人之不闲。

〔1〕扰扰：忙乱的样子。语出《庄子·天道》：“胶胶扰扰兮。”初唐诗人王绩《赠程处士》诗云：“百年长扰扰，万事悉悠悠。”此用其意。

〔2〕冲:突过、撞着。这个字在这个句子中当两个字用:不冲风雨,即冲尘埃。

〔3〕数:读 shuò,屡次,与题中"频"同义。

〔4〕红叶窗前有几堆:即窗前有红叶几堆。

春雪

新年都未有芳华〔1〕,二月初惊见草芽。白雪却嫌春色晚,故穿庭树作飞花〔2〕。

元和十年(公元815年)作。

〔1〕都未:这里作算来没有解。芳华:并指芳草、香花。

〔2〕故穿:故意穿过。

盆池(选二首)

其三

瓦沼晨朝水自清〔1〕,小虫无数不知名〔2〕。忽然分散无踪影〔3〕,惟有鱼儿作队行。

元和十年夏作。原五首,选第三、第五两首。这一"组诗"都用白描手法勾写物象，而又因物寄意，可以约略窥见作者的胸怀涵泳。

〔1〕瓦沼：即盆池——以瓦盆蓄水当作池沼。

〔2〕小虫：即饲鱼之小红虫。足见我国中唐时已用盆养文鱼——金鱼了。

〔3〕“忽然”句：那时饲金鱼，是用一种红线虫，该虫离水则相互纠缠成团，入水则分散。分散无踪影，是说虫被鱼吞食尽了。

其五

池光天影共青青，拍岸才添水数瓶〔1〕。且待夜深乘月去〔2〕，试看涵泳几多星。

〔1〕拍岸：水拍击池岸（盆边）。写得声势具在，仿佛有波涛，其实是“才添水数瓶”罢了，与下面写盆池夜深时“涵泳几多星”，同是小中见大的手法。

〔2〕乘月：别本作“明月”，以“乘”字为胜。

韩愈另有《读皇甫湜公安园池诗，书其后》：“我有一池水，蒲苇生其间。虫鱼沸相嚼，日夜不得闲。我初往观之，其后益不观。观之乱我意，不如不观完。用将济诸人，舍得业孔颜。百年能几时？君子不可闲。”参看当可相互发明诗意。或以《盆池》是写“闲适”，所见未免片面。

晚春

草树知春久不归，百般红紫斗芳菲。杨花榆荚无才思〔1〕，惟解漫天作雪飞。

这是《游城南十六首》之一，以下《晚雨》、《楸树》、《赠同游》三首同。十六首诗非一时之作，约元和十年。故让它们各自成单篇，不作“组诗”处理。

〔1〕思：这里读 sì。

晚雨

廉纤晚雨不能晴〔1〕，池岸草间蚯蚓鸣。投竿跨马踏归路，才到城门打鼓声〔2〕。

〔1〕廉纤：微细，用以形容小雨，始于韩愈这句诗。

〔2〕“才到”句：古代报告时间，从黄昏到次日黎明，都打更鼓。司更鼓处多设在城楼上，早晚城门启闭，亦按鼓号。这句写归时已晚，快关城了。

楸树

青幢紫盖立童童〔1〕，细雨浮烟作彩笼。不是画师来貌取〔2〕，定知难见一生中。

〔1〕童童：荫遮着的样子。《三国志·蜀书·先主传》：“舍东南角

篱上有桑树生高五丈馀,遥望见童童如小车盖。”

〔2〕貌取:描摹取景、写生。

赠同游

唤起窗全曙,催归日未西〔1〕。无心花里鸟,更与尽情啼。

〔1〕唤起、催归:黄庭坚以为二者都是鸟名:唤起,又名春唤;催归,即子规。说看来像是虚设,使人不觉。(见胡仔《苕溪渔隐丛话》引《冷斋夜话》)

桃源图

神仙有无何渺茫,桃源之说诚荒唐。流水盘回山百转,生绡数幅垂中堂〔1〕。武陵太守好事者〔2〕,题封远寄南宫下。南宫先生忻得之〔3〕,波涛入笔驱文辞。文工画妙各臻极〔4〕,异境恍惚移于斯。架岩凿谷开宫室,接屋连墙千万日,嬴颠刘蹶了不闻〔5〕,地坼天分非所恤〔6〕。种桃处处惟开花,川原近远烝红霞〔7〕。初来犹自念乡邑,岁久此地还成家。渔舟之子来何所?物色相猜更问语〔8〕。大蛇中断丧前王,群马南渡开新主〔9〕。听终辞绝共凄然〔10〕,自说经今六百年,当时万事皆眼见,不知几许犹流传。争持酒食来相馈,礼数不同樽俎异〔11〕,月明伴宿玉堂空,骨冷魂清无梦寐。夜半金鸡喔咿鸣[12]，火轮飞出客心惊[13]，人间有累不可住，依然离别难为情。船开棹进一回顾，万里苍苍烟水暮。世俗宁知伪与真，至今传者武陵人。

这诗约在元和八年至十年间作。作者集中的题画诗，仅此一篇。自从陶渊明写出了他的《桃花源记》以来，后代的作家多袭用他这一题材，或祖述其语，或发挥其意，甚或至于以假当真地考证其地……其中以大诗人王维的《桃源行》最脍炙人口。但那诗却把陶记中的“避地”写成了“出世”，把“人间”换作了“仙境”。和韩愈同时的诗人刘禹锡，有《游桃源诗》，描述“近世仙”瞿氏子在桃源遇仙，后来得道，“如烟去无迹”，更说得活灵活现。韩愈是反对这种态度的。他题诗的对象——这一幅“桃源图”的山水画，尽管所画的情景或与王诗相同，或自王诗取意，而他的诗却从现实出发，开宗明义，指出“渺茫”、“荒唐”；以微言作结，讽谕“世俗”，要辨“伪与真”。

〔1〕生绡：绡，是一种薄绢。宋以前绘画多不用纸而用绢，所谓“绢本”。绢有生熟，唐人画多用生绢。

〔2〕武陵太守：张澍云：“疑是窦常。元和十年，窦为朗州刺史。朗州，唐武陵郡。”钱仲联谓：“常以元和七年出守武陵，见刘禹锡《武陵北亭记》。”

〔3〕南宫先生：方世举云：“或即卢汀。”按，卢汀时为虞部，唐代尚书诸曹，统称“南宫”。忻，通“欣”，喜欢、高兴。

〔4〕臻极：达到顶点。这是夸张的称誉。

〔5〕嬴颠刘蹶：嬴姓秦朝倒了，刘家汉朝垮了。

〔6〕地坼天分：指三国、东晋两段历史时期的割据、对峙。坼，音chè，裂。

〔7〕烝:通“蒸”。红霞:比喻桃花的颜色。

〔8〕物色:访求。相猜更问语:本《桃花源记》“见渔人,乃大惊,问所从来”数语。

〔9〕“大蛇”二句:概括西汉、东晋两个历史阶段的史实。“大蛇中断”指汉高祖斩蛇起义,“丧前王”指秦已亡;“群马南渡”指晋君臣江左偏安,“开新主”指晋元帝(司马睿)建立新政权。这两句是由《桃花源记》中“不知有汉,无论魏晋”的情况设想出渔人对桃花源里人的答辞。

〔10〕辞绝:话说完了。

〔11〕樽:酒杯;俎:是陈列牺牲的几案。樽、俎都是祭器,这里代指礼教、风俗。本陶渊明《桃花源诗》“俎豆犹古法”。

〔12〕啁哳:同“嘲杂”。

〔13〕火轮:指太阳。

调张籍

李杜文章在,光焰万丈长。不知群儿愚〔1〕,那用故谤伤?蚍蜉撼大树〔2〕,可笑不自量。伊我生其后〔3〕,举颈遥相望。夜梦多见之,昼思反微茫。徒观斧凿痕,不瞩治水航〔4〕。想当施手时〔5〕,巨刃磨天扬。垠崖划崩豁〔6〕,乾坤摆雷硠〔7〕。惟此两夫子,家居率荒凉。帝欲长吟哦〔8〕,故遣起且僵。翦翎送笼中〔9〕,使看百鸟翔。平生千万篇,金薤垂琳琅〔10〕。仙官敕六丁〔11〕,雷电下取将〔12〕。流落人间者,太山一豪芒〔13〕。我愿生两翅,捕逐出八荒〔14〕。精神忽交通,百怪入我肠。刺手拔鲸牙,举瓢酌天浆〔15〕。腾身跨汗漫〔16〕,不著织女襄[17]。顾语地上友，经营无太忙[18]？乞君飞霞佩[19]，与我高颉颃[20]。

元和十年或十一年（公元816年）作。方世举云："此诗极称李、杜，盖公素所推服者。而其言则有为而发。"按，李白、杜甫在当时还不曾受到普遍的尊重。在韩愈以前，李名高于杜；到韩愈那时，又有人尊杜抑李；还有"不知群儿"，对这两位大诗人进行"谤伤"。韩愈从来是把李、杜并提，而且把他们的文章看作"光焰万丈"来"举颈遥相望"，认为是不灭的、不可及的。在《石鼓歌》里他说"少陵无人谪仙死，才薄将奈石鼓何！"在《荐士》里又说"勃兴得李杜，万类困凌暴"。这首诗一本此意，旨在平息群诼，最后并与张籍共勉。

〔1〕不知：无知。群儿：指幼稚的人们。

〔2〕蚍蜉：音pí fú，蚂蚁。

〔3〕伊：语助词，无义。

〔4〕斧凿痕、治水航：《吕氏春秋·古乐》说禹"凿龙门，通漻水以导河"，这里借喻李、杜巨大的成就和贡献。斧凿痕喻他们的艺术技巧，治水航喻他们的创作道路。韩愈并批判当时的人们只看到前者，不看到后者。

〔5〕施手：施展身手，显示本领。

〔6〕划崩豁：划然地裂天开。用郭璞《江赋》："徽如地裂，豁若天开。"

〔7〕摆雷硠：摆，动。硠，音láng，山崩石碰。动雷是天上的巨响，山崩石碰是地上的巨响。

〔8〕帝：指天帝。

〔9〕"翦翎"句：用祢衡《鹦鹉赋》："闭以雕笼，翦其翅羽。"喻天帝

使他们困顿。

〔10〕“金薤”句:金字写在玉版上,言其不朽。薤,指古代的“薤叶书”体,见前《岣嵝山》注〔3〕。琳琅,美玉。

〔11〕六丁:神将。

〔12〕取将:两字是同义复词:拿去。

〔13〕豪芒:豪,通“毫”。毫芒,犹如说一丝、一丁点儿。方世举云:“言李杜之文,今虽盛传于世,然不过存什一于千百耳。世人方且不见其全,又安敢轻议乎!”

〔14〕八荒:八方。

〔15〕“刺手”二句:刺手,赤手空拳。酌,舀。这两句称誉李、杜而自己想学习李、杜,似暗用杜甫《戏为六绝句》“未掣鲸鱼碧海中”和李白《短歌行》“北斗酌美酒,劝龙各一觞”句意。魏泰《临汉隐居诗话》:“高至于酌天浆,幽至于拔鲸牙,其思赜深远如此,讵止于曹、刘、沈、宋之间耶?”方世举云:“酌天浆以喻高洁,拔鲸牙以喻沉雄。”

〔16〕汗漫:广大、不可知、无拘束。《淮南子·道应训》:“‘吾与汗漫期于九垓之外,吾不可以久驻。’举臂而竦身,遂入云中。”杜甫《奉送王信州崟北归》:“甘为汗漫游。”在这里韩愈是把这个抽象的词儿当作有形体可“跨”的东西。

〔17〕襄:据《说文》解为织文。《诗经·小雅·大东》:“跂彼织女,终日七襄。”这里“织女襄”犹如说织女织成的文章,与郑氏笺“襄,驾也”用法不一样。旧注多引郑笺,失之。

〔18〕无太忙:犹如说无乃太忙、岂不太忙吗?

〔19〕乞:这里读 qì,是给予的意思。

〔20〕颉颃:音 xié háng。《诗经·邶风·燕燕》:“燕燕于飞,颉之颃之。”颉,飞上;颃,飞下。这里是偏义用法,只取飞上义。

庭楸

庭楸只五株[1]，共生十步间。各有藤绕之，上各相钩联。下叶各垂地，树颠各云连。朝日出其东，我常坐西偏。夕日在其西，我常坐东边。当昼日在上[2]，我在中央焉。仰视何青青，上不见纤穿[3]。朝暮无日时，我且八九旋。濯濯晨露香[4]，明珠何联联[5]。夜月来照之，蒨蒨自生烟[6]。我已自顽钝，重遭五楸牵[7]。客来尚不见，肯到权门前[8]？权门众所趋，有客动百千[9]。九牛亡一毛[10]，未在多少间。往既无可愿，不往自可怜[11]。

元和十一年作。

〔1〕五株：或是泛指，或是庭树之中只五株为楸，其他为别种树。作者是年作《示儿》诗："庭内无所有，高树八九株。有藤缕络之，春华夏阴敷。"可参证。

〔2〕当昼：正午。

〔3〕纤穿：一线穿过，指日光透过重枝密叶。

〔4〕濯濯：《诗经·大雅·嵩高》："钩膺濯濯。"毛传："濯濯，光明也。"

〔5〕明珠：即上句的"濯濯晨露"。

〔6〕蒨蒨：音 qiàn，青葱貌，形容月下的树色，仿佛是青烟绿雾。这里不仅是写楸，并也写藤。作者另有《感春》诗："偶坐藤树下，暮春下旬间。藤阴已可庇，落蕊还漫漫。亹亹新叶大，珑珑晚花乾。"可参证。

〔7〕重遭:更有、更受到。这是进一层之词。应上句“我已”。

〔8〕肯:犹如说岂肯、哪能。也是进一层之词,应上句“尚不”。权门:有势力的人家。

〔9〕动:这里是动辄、动不动的意思。

〔10〕“九牛”句:用司马迁《报任少卿书》“若九牛亡一毛,与蝼蚁何以异”语意。九牛言其多,指“有客动百千”;亡一毛言其失去的少,指仅我不去。

〔11〕可怜:犹如说可爱。

听颖师弹琴

昵昵儿女语[1],恩怨相尔汝。划然变轩昂,勇士赴敌场。浮云柳絮无根蒂,天地阔远随飞扬。喧啾百鸟群,忽见孤凤凰。跻攀分寸不可上[2],失势一落千丈强[3]!嗟余有两耳,未省听丝篁。自闻颖师弹,起坐在一旁。推手遽止之[4],湿衣泪滂滂。颖乎尔诚能!无以冰炭置我肠[5]!

元和十一年作。中唐诗人都爱以诗描写音乐之美,如白居易的《琵琶行》,李贺的《李凭箜篌引》等。但描写琴声要算韩愈这诗为好。后来苏轼曾对欧阳修举出此诗,欧阳修却以为“此诗固奇丽,然自是听琵琶诗,非琴诗”(见《东坡诗话》)。蔡絛《西清诗话》和许彦周《彦周诗话》曾辨之。

〔1〕昵昵:亲密。一作“妮妮”。

〔2〕跻攀:形容手足并用。跻,登高。

〔3〕千丈强:千丈有馀。与上句“分寸”对言,那是形容上去的万难,这是形容落下的无止境。以上十句,描写琴声的五种变化。《西清诗话》:“‘昵昵儿女语,恩怨相尔汝’,言轻柔细屑,真情出见(现)也。‘划然变轩昂,勇士赴敌场’,精神愈谨,耸观听也。‘浮云柳絮无根蒂,天地阔远随飞扬’,纵横变态,浩乎不失自然也。‘喧啾百鸟群,忽见孤凤凰’,又见颖师孤绝,不同流俗下俚声也。‘跻攀分寸不可上,失势一落千丈强’,起伏抑扬,不主故常也。皆指下丝声妙处,惟琴为然。琵琶格上声,乌能尔耶?退之深得其趣,未易讥评也。”《彦周诗话》:“‘浮云柳絮无根蒂,天地阔远随飞扬’,此泛声也,谓轻非丝、重非木也。‘喧啾百鸟群,忽见孤凤凰’,此泛声中寄指声也。‘跻攀分寸不可上’,吟绎声也。‘失势一落千丈强’,顺下声也。善琴者此数声最难工。……”

〔4〕推手:推颖师的手——止颖师的琴。

〔5〕无以:命令词,犹如说不要,勿用。冰炭:犹如说水火——形容两不相容,是说颖师的琴声忽而使人冷,忽而使人热,受不了。

苏轼《水调歌头》序云:“欧阳文忠公尝问余:‘琴诗何者最善?’答以退之听颖师琴诗。公曰:‘此诗固奇丽,然非听琴,乃琵琶诗也。’余深然之。建安章质夫家善琵琶者乞为歌词,余久不作,特取退之词稍加隐括,使就声律,以遗之云。”词云:“昵昵儿女语,灯火夜微明。恩怨尔汝来去,弹指泪和声。忽变轩昂勇士,一鼓填然作气,千里不留行。回首暮云远,飞絮搅青冥。　　众禽里,真彩凤,独不鸣。跻攀寸步千险,一落百寻轻。烦子指问风雨,置我肠中冰炭,起坐不能平。推手从归去,无泪与君倾。”苏轼另有《听贤师琴》诗,那是因为欧阳修说韩愈这诗“非琴诗”而作的新“琴诗”:“大弦春温和且平,小弦廉折亮以清。平生未识宫与角,但闻牛鸣盎中雉登木。门前剥啄谁叩门?山僧未闲君勿嗔!归家且觅千斛水,净洗从前筝笛耳。”两者相较,后一诗分析琴音似不如前一词描写琴韵为美。那么，韩愈的原作，实未可厚非。苏轼也许因欧阳修是他的座师，不便当面回驳。宋人蔡絛和许彦周都肯定了这是琴诗，否定了欧阳修“非听琴诗”说。

病鸱

屋东恶水沟，有鸱堕鸣悲。有泥掩两翅〔1〕，拍拍不得离。群童叫相召，瓦砾争先之〔2〕。计校生平事，杀却理亦宜！夺攘不愧耻，饱满盘天嬉；晴日占光景，高风送追随；遂凌紫凤群，肯顾鸿鹄卑？今者运命穷，遭逢巧丸儿〔3〕，中汝要害处，汝能不得施。于吾乃何有？不忍乘其危。丐汝将死命〔4〕，浴以清水池；朝餐辍鱼肉，暝宿防狐狸。自知无以致〔5〕，蒙德久犹疑。饱入深竹丛，饥来傍阶基。亮无责报心〔6〕，固以听所为。昨日有气力，飞跳弄藩篱；今晨忽径去〔7〕，曾不报我知。侥幸非汝福，天衢汝休窥〔8〕；京城事弹射，竖子岂易欺〔9〕！勿讳泥坑辱，泥坑乃良规。

元和十一、十二年间作。此诗刺作恶而背恩者。

〔1〕掩：通淹。

〔2〕争先之：抢着投掷它。

〔3〕巧丸儿：善弹的人。

〔4〕丐：乞、救。

〔5〕“自知”句：是说鸱知道这样的遇救、受浴后，吃得好，睡得安，

是自己没法弄到的。

〔6〕“亮无”句:亮,通谅,真、诚的意思。责,这里作求、取解。这句是说救鸥人实是没有求报答的心思,所以下句说听其所为,即上二句所写的饥来饱去那样。

〔7〕径去:径自去了、一直去了。

〔8〕天衢:犹如说天街、天路,指高空,也喻高位,用语双关。

〔9〕竖子:即前面说的“巧丸儿”。

次潼关,先寄张十二阁老使君

荆山已去华山来[1],日出潼关四扇[2]开。刺史莫辞迎候远,相公新破蔡州回[3]。

元和十二年(公元817年)冬作。是年七月,韩愈任彰义行军司马,随裴度到蔡州督战,征吴元济。这是唐代中央平定地方叛乱的战争,有名的“淮西之役”。这一役,自元和九年冬起,至元和十二年冬结束。裴度、韩愈,都是极力主张用兵、认为叛乱可以平定的。十月,裴度的部下李愬擒吴元济,十一月,献俘长安。这时韩愈随裴度还京。题云:“次潼关先寄”,是将到潼关之前写的。“张十二阁老使君”,作者原注:“张贾”。

〔1〕“荆山”句:是说过了荆山,又快到华山。荆山在河南境内,华山在陕西境内。这里总写一路经过。

〔2〕四扇:一作“四面”。其实是东西两面,一面两扇,两面四扇对开。

〔3〕“相公”句：相公，指裴度。裴度初任淮西宣慰招讨处置使，后加任门下侍郎同平章事兼彰义节度使。同平章事的职权等于宰相，故称相公。新破，一作“亲破”。按，裴度是自请督战的，当他出发时，对宪宗说：“臣若灭贼，则朝天有期；贼在，则归无日。”这句正写当日预期，今日兑现。

题于宾客庄

榆荚车前盖地皮〔1〕，蔷薇蘸水笋穿篱〔2〕。马蹄无入朱门迹，纵使春归可得知〔3〕。

元和十三年（公元818年）以后作。于宾客名頔，字允元，宪宗朝曾任宰相，后改任太子宾客。这时于頔已死。方世举云：“頔以豪奢败，此诗伤之。”

〔1〕车前：即车前子，车前科的药用植物。

〔2〕蘸水：吻着水面。

〔3〕春归：这里是说春天到来。可得，这里作哪得、怎得解，疑问之词。这词儿唐、宋人惯用，如白居易《酬严给事》：“不缘啼鸟春饶舌，青琐仙郎可得知？”苏轼《和子由送春》：“梦里青春可得追？欲将诗句伴馀晖。”又如韩愈另一首《楸树》：“幸自枝条能树立，可烦萝蔓作交加！”“可”字都作何、哪、岂等反问字意用。

华山女

街东街西讲佛经，撞钟吹螺闹宫庭〔1〕，广张罪福资诱胁〔2〕，听众狎恰排浮萍[3]。黄衣道士亦讲说，座下寥落如明星[4]。华山女儿家奉道，欲驱异教归仙灵[5]，洗妆拭面著冠帔[6]，白咽红颊长眉青[7]，遂来升座演真诀，观门不许人开扃[8]。不知谁人暗相报，訇然振动如雷霆。扫除众寺人迹绝[9]，骅骝塞路连辎軿[10]。观中人满坐观外，后至无地无由听[11]。抽钗脱钏解环佩，堆金叠玉光青荧[12]。天门贵人传诏召[13]，六宫愿识师颜形[14]。玉皇颔首许归去[15]，乘龙驾鹤来青冥[16]。豪家少年岂知道[17]？来绕百匝脚不停。云窗雾阁事慌惚[18]，重重翠幔深金屏。仙梯难攀俗缘重[19]，浪凭青鸟通丁宁[20]。

唐宪宗晚年，既好神仙，又崇佛。元和十三年十月，颁布求方士的诏书，得柳泌。十一月就任柳泌为台州（今浙江省内）刺史，因为柳泌说要到天台山才找得到灵草来炼长生药。谏官们以为自古以来，没有以方士作临民之官的。同时又有迎佛骨的事。韩愈既反对佛教，也反对道教。他有《论佛骨表》一文，是元和十四年（公元819年）春上作的，接着是遭贬。这首诗讽刺女道士，揭露道观内幕，也讽刺到皇帝，揭露了宫庭，当是上《论佛骨表》前不久、元和十三年末或十四年初作。这首诗和前面《谢自然诗》同是以反对道教为主题的，而手法两样，《谢自然诗》是正面劝告人们不要迷信；这首诗是侧面的讽刺、揭露，笔尖是扫着皇家。最好两篇参读。

〔1〕闹宫庭：这里似指寺庙中的宫殿，东街西街，一片热闹。明写佛教声势之盛，隐刺帝后迷信之深，才会上行下效。

〔2〕广张：大肆宣传。

〔3〕狎恰:私下互相邀约。排:拥挤。排浮萍,形容人多,如水上浮萍,大堆大片,推来推去。

〔4〕“黄衣”二句:黄衣,唐代道士的服色。明星,天明后的星子,即晨星,言其仅有。两句写道士讲道,听者寥寥,反衬当时佛教正盛,开拓下文华山女以“色相”和“灵异”来争取人信教的描写。

〔5〕异教:指佛教(这里就道教的立场说话)。仙灵:指道教。

〔6〕帔:音 pèi,道袍。

〔7〕“白咽”句:应上句“洗妆拭面”,是说女道士着意打扮:搽了粉,抹了胭脂,深画了眉。“咽”,这里指颈子。

〔8〕观:读 guàn。道院称“观”,有别于佛院称“寺”。扃:音 jiōng,门扇。不许人开扃,写女道士欲招故拒的手段。

〔9〕“扫除”句:是说“街东街西讲佛经”没人听了;“听众狎恰排浮萍”的现象已经转移到道观这边来了。

〔10〕骅骝:这里泛指马。缁:音 zī,车的前帏;軿:音 píng,车的后幔。这里“缁軿”代指车辆。

〔11〕无地:没有空地。形容人满,插足不下。

〔12〕“抽钗”二句:写贵妇人当场施献财物——她们的首饰(金钗)、手饰(金镯)和佩饰(玉环、玉珮之类)。青荧,形容金玉的光泽。

〔13〕天门贵人:指宫庭内监。

〔14〕六宫:指后妃们。

〔15〕归去:回到天上去,这里借喻进到宫中去。

〔16〕龙、鹤:本是神仙乘驾之物,这里喻宫庭的车马。青冥:本指天,这里借喻宫中。

〔17〕道:指宗教的道理、教义。

〔18〕云窗雾阁:指华山女的居处:用“云”、“雾”字样来写其神秘。事慌惚:用《老子》:“道之为物,惟恍惟惚;惚兮恍兮,其中有象;恍兮惚

兮,其中有物。”“慌”与“怳”通,今作“恍”。这里作者借喻其中的物象是事涉暧昧。

〔19〕仙梯难攀:喻入宫廷后华山女的身份、地位、环境,都不是一般人所能接近的。俗缘重:喻豪家少年们这时和她比起来,太悬殊了。

〔20〕浪凭:漫凭、任凭。青鸟:我国古代神话中西王母的使者和侍者。《汉武故事》:“七月七日,上(指汉武帝)于承华殿斋正中,忽有一青鸟从西方来集。上问东方朔,朔曰:‘此西王母欲来。’有顷,王母至,有三青鸟如乌,夹侍王母旁。”丁宁:一般写作“叮咛”,嘱咐的意思。这里指语言、消息,喻豪家少年们之于华山女,只能凭消息相通,秘密相约。

左迁至蓝关示侄孙湘

一封朝奏九重天,夕贬潮州路八千〔1〕。欲为圣明除弊事〔2〕,肯将衰朽惜残年〔3〕?云横秦岭家何在?雪拥蓝关马不前〔4〕。知汝远来应有意,好收吾骨瘴江边〔5〕。

元和十四年正月,韩愈上《论佛骨表》,反对崇佛教,具体反对到宪宗派人到凤翔法门寺迎佛骨入京而且入宫这件事上,触怒了皇帝,被贬为潮州刺史。这诗是在离长安不远的途中作的。韩湘,字北渚,后来长庆三年成进士,官至大理丞。他便是民间传说中的“八仙”之一的“韩湘子”。唐段成式《酉阳杂俎》把韩湘写成一个有异术的人;刘斧《青琐高议》又写他能知未来之事,都不离这首诗。嗣后宋人小说、元人戏曲,更衍为《韩湘子三度文公》、《蓝桥记》之类的话本和杂剧。以这诗为题材的绘画,有《韩昌黎画图》。元陈栎《定宇先生集·题韩昌黎画图》云："昌黎韩公之守潮阳也，行至京兆府蓝田县蓝关，即秦峣关，示侄孙湘诗曰：'云横秦岭家何在，雪拥蓝关马不前。'善画者绘为图，山岭重叠，雪景模糊，人马行其间，俱有畏寒凌兢状，观之令人凄然。公学正识卓，守坚论严，欲水火佛骨，忤宪宗意，谪为此行，雨雪霏霏，仆痛马瘏，亦良苦矣！公铁石心肠，当自忘其苦。侄孙湘远来追送之。湘，即公兄子老成之长子也。公祭老成文曰：'长而子，待其成'，有恩于湘深矣。示以诗，欲托以死，可嗟也已！……"这诗千年来为人们所熟诵，不是单靠《韩集》的流行，也是由于传说、小说、戏剧、绘画……的描写和渲染。

〔1〕封：即"封事"——上给皇帝的意见书。"朝奏"与"夕贬"是相对而言，形容得罪之速。朝、夕，并非实指。

〔2〕圣明："圣主""明君"之谓，指宪宗。弊事：指宗教迷信。"圣明"而有"弊事"，相对成趣。

〔3〕残年：犹如说老命。按，是年韩愈五十二岁。

〔4〕秦岭、蓝关：均长安附近地。秦岭指终南山，蓝关在蓝田县境。这里一写回首，一写前瞻。马不前：用屈原《离骚》"仆夫悲余马怀兮，蜷局顾而不行"句意。

〔5〕"好收"句：瘴江，指潮州的韩江，在唐代那儿是瘴疠之地，谪宦者视作畏途。韩愈以为会死在那儿，所以预嘱韩湘"收骨"。

题楚昭王庙

丘坟满目衣冠尽〔1〕，城阙连云草树荒〔2〕。犹有国人怀旧德，一间茅屋祭昭王。

元和十四年作。楚昭王名轸，是春秋时代楚国的贤王，据《左传》，他南征不返，可能是落水死的。昭王庙在湖北宜城，韩愈另有一篇《记宜城驿》(题下或注有“愈代侄孙作”，吴汝纶则以为“此本公侄孙作”)：“驿东北有井，传是昭王井。……井东北数十步有楚昭王庙，有旧时高木万株，多不得其名，历代莫敢翦伐。尤多古松大竹。于太傅帅襄阳，迁宜城县，并改造南境数驿，材木取足此林。旧庙屋极宏盛，今惟草屋一区。然问左侧人，尚云每岁十月，民相率聚祭其前。庙后小城，盖王居也。……”末署“元和十四年二月二日题”。所记情景与作记时间，与诗相合。

〔1〕衣冠：一般用以指世家、人物。这里“衣冠尽”是说楚世家早已亡，楚人物已荡然无存，只留下“丘坟满目”。

〔2〕“城阙连云”是想象之境——想象楚国盛时。现在却只剩下“草树荒”。

泷吏

南行逾六旬〔1〕，始下昌乐泷〔2〕。险恶不可状〔3〕，船石相舂撞。往问泷头吏：“潮州尚几里？行当何时到？风土复何似？”泷吏垂手笑：“官问之何愚！譬官居京邑，何由知东吴。东吴游宦乡，官知自有由。潮州底处所〔4〕？有罪乃窜流〔5〕。侬幸无负犯〔6〕，何由到而知？官今行自到，那遽妄问为？”不虞卒见困〔7〕，汗出愧且骇。吏曰“聊戏官，侬尝使往罢，岭南大抵同，官去道苦辽〔8〕。下此三千里，有州始名潮。恶溪瘴毒聚，雷电常汹汹[9]。鳄鱼大于船，牙眼怖杀侬。州南数十里，有海无天地。飓风有时作，掀簸真差事[10]。圣人于天下[11]，于物无不容。比闻此州囚，亦有生还侬。官无嫌此州[12]，固罪人所徙。官当明时来[13]，事不待说委[14]。官不自谨慎，宜即引分往[15]。胡为此水边，神色久戃慌[16]？瓻大瓶罂小[17]，所任自有宜。官何不自量，满溢以取斯？工农虽小人，事业各有守。不知官在朝，有益国家不[18]？得无虱其间[19]，不武亦不文。仁义饰其躬，巧奸败群伦。"叩头谢吏言，始惭今更差[20]。历官二十馀[21]，国恩并未酬。凡吏之所诃[22]，嗟实颇有之。不即金木诛[23]，敢不识恩私？潮州虽云远，虽恶不可过，于身实已多[24]，敢不持自贺！

元和十四年三月赴潮州途中作。

〔1〕六旬：六十日。韩愈于是年正月十四日离京，四月二十五日到达潮州，共经过了七十多天。下昌乐泷时已过了六十天了。

〔2〕昌乐泷：一作乐昌泷。据旧注：县名乐昌，泷名昌乐。泷，音lóng，急流的水道。

〔3〕不可状：无法形容。

〔4〕底处所：何处所、甚么地方。

〔5〕窜流：发配、放逐，这里指发配、放逐的地方。

〔6〕侬：在"侬幸无负犯"、"侬尝使往罢"中是作第一人称代词："我"；在"牙眼怖杀侬"中是作名词："人"；在"亦有生还侬"中兼有名词"人"和第三人称代词"他们"的意味。

〔7〕不虞:没有料到。卒见困:突然间被难倒。卒,读 cù,同“猝”。

〔8〕苦辽:甚远。

〔9〕汹汹:波涛的巨大声音。屈原《九章·悲回风》:“听波声之汹汹。”

〔10〕差:通“诧”。差事:怪事、希奇的事。

〔11〕圣人:这里指天子。

〔12〕无:勿、不要。

〔13〕明时:所谓圣明之时——指朝廷政治清明。

〔14〕事不待说委:事儿不消说便知原委。意思是说,你是犯了罪被贬来的。——应上文潮州是“罪人所徙”之地,而你又是“当明时来”,不是因为犯罪是什么?

〔15〕引分:照着本分。

〔16〕惝慌:音 tǎng huǎng,有时写作“惝怳”,失意、忧愁、无所依归的神色。

〔17〕瓨:音 gāng,瓮的别名。扬雄《方言》:“灵桂之间(广西北部)谓之瓨,周魏之间(河南西部、中部)谓之瓬。”罂:音 yīng,与瓨 、瓶同为容器,大者叫瓨,中者叫罂,小者叫瓶。

〔18〕不:音义俱同“否”。

〔19〕得无:莫非、是否,疑问之词。虱其间:犹如说在那里面做寄生虫。

〔20〕“始惭”句:是说原来居官已觉得惭愧,现在听了这番话更自觉羞耻。

〔21〕“历官”句:韩愈自贞元十二年为观察推官起,历官协律郎,四门博士,监察御史,连州阳山令,江陵府法曹参军,国子博士,员外郎,河南县令,职方员外郎复为国子博士,比部郎中,史馆修撰,考功郎中、知制诰中书舍人,太子右庶子,御史中丞、行军司马,刑部侍郎,副礼乐史,到

贬潮州刺史为止,已经过二十三年了。

〔22〕诃:斥责。

〔23〕即:受、当。金木:指金属做的和木制的刑具,如刀、枷之类。

〔24〕多:谓受用不尽。

题临泷寺

不觉离家已五千〔1〕,仍将衰病入泷船〔2〕。潮阳未到吾能说:海气昏昏水拍天。

元和十四年作。临泷,地名,今属广东韶关曲江区,唐代曾一度设县于此。

〔1〕五千:指里数。据《唐书·地理志》,韶州距长安四千九百三十二里。

〔2〕将:扶、带。

晚次宣溪,辱韶州张端公使君惠君叙别,酬以绝句(选一首)

韶州南去接宣溪,云水苍茫日向西。客泪数行元自落〔1〕,鹧鸪休傍耳边啼!

元和十四年作。原二首,选一首。宣溪在韶州南郊,韩愈过此赴潮。

〔1〕元自落:启下句,意谓并非听到鹧鸪叫“不如归去”而流泪。

宿曾江口示侄孙湘(选一首)

云昏水奔流,天水漭相围[1]。三江灭无口,其谁识涯圻[2]?暮宿投民村,高处水半扉。犬鸡俱上屋,不复走与飞。篙舟入其家[3],瞑闻屋中唏[4]。问知岁常然,哀此为生微。海风吹寒晴,波扬众星辉。仰视北斗高,不知路所归[5]。

元和十四年作。原二首,选一首。曾江,即今增江,是东江的支流。曾江口,指曾江与纳溪、九曲水相汇合流入东江的总口。诗中“三江灭无口”的“三江口”即指此。程学恂《韩诗臆说》:“此诗写穷民之苦,逐客之感,怆悦渺茫,语语沉痛。起兴无端,结意无极。惟少陵可以媲之。”

〔1〕漭:形容水大。相围:谓水与天相连。

〔2〕涯圻:岸边。圻,音 qí。

〔3〕篙舟:撑船。这里篙字作动词用。

〔4〕瞑闻:黑暗中听得。唏:同“欷”,哀叹声。

〔5〕“仰视”二句:方世举注云:“按此即屈原《九章》‘曾不知路之曲直兮,南指月与列星’之意。又,《淮南·齐俗训》:‘乘舟而惑者,不知东西,见斗极则寤矣。’诗更从此翻出。”似未阐明诗义。“仰视北斗高”,喻天高皇帝远;“不知路所归”,即杜甫“吾道将何之”之意。

去岁自刑部侍郎以罪贬潮州刺史，乘驿赴任。其后，家亦谴逐。小女道死，殡之层峰驿旁山下。蒙恩还朝，过其墓，留题驿梁

数条藤束木皮棺，草殡荒山白骨寒[1]。惊恐入心身已病[2]，扶舁沿路众知难[3]。绕坟不暇号三匝[4]，设祭惟闻饭一盘。致汝无辜由我罪，百年惭痛泪阑干[5]。

元和十五年(公元820年)还京途中作。层峰驿在陕西商县南郊;韩愈于元和十四年贬潮州，其后他的家眷也被迫南迁，其中有他第四女名女挐的，途中死葬于此。据作者《女挐圹铭》:"愈既行，有司以罪人家不可留京师，迫遣之。女挐年十二，在病，既惊痛与其父诀，又舆致走道，撼顿失食饮节，死于商南层峰驿。即瘗道南山下。"又有《祭女挐女文》云:"昔汝疾革，值吾南逐。苍黄分散，使汝惊忧。我视汝颜，心知死隔。我既南行，家亦随谴。扶汝上舆，走朝至暮，大雪冰寒，伤女羸肌。撼顿险阻，不得少息。不能食饮，又使渴饥。死于穷山，实非其命! ……"

〔1〕草殡:草草殓埋，即所谓"藁葬"。《祭女挐女文》:"草葬路隅，棺非其棺。"

〔2〕惊恐入心:写年少病女对于父亲得罪朝廷、贬谪远方的事受到很大的震动和很深的刺激。即《圹铭》中所说"既惊痛与其父诀"和《祭

文》中所说“苍黄分散，使汝惊忧”。这句追忆父亲别去时女儿的情况。

〔3〕“扶舁”句：是想象病女在途中的情况。舁，音 yú，抬行。扶舁，即《圹铭》中所说的“舆致走道”、《祭文》中所说的“扶汝上舆”。

〔4〕“绕坟”句：春秋时吴国延陵季子从齐国返吴，其长子死，葬于嬴博之间，封墓后，季子绕坟三号（哭）。事见《礼记》。这里说“不暇号”，写自己被谴先行，女儿在后面死了，连“绕坟”“号三匝”都不可能。是死典活用。

〔5〕阑干：这里当纵横解。形容面部的泪纵横如栏杆之交错。这词儿唐诗中不仅一见，如白居易《长恨歌》“玉容寂寞泪阑干”，亦是一例。

雨中寄张博士籍、侯主簿喜

放朝还不报〔1〕，半路踏泥归。雨惯曾无节，雷频自失威。见墙生菌遍〔2〕，忧麦作蛾飞。岁晚偏萧索〔3〕，谁当救晋饥〔4〕？

长庆元年（公元 821 年）作。

〔1〕放朝：放假免朝。不报，是说司朝者不通知，以致如下句所说的“半路”才知道。

〔2〕见墙：所见的墙、逢墙的意思。

〔3〕岁晚：这里喻暮年。时韩愈五十四岁。

〔4〕晋饥：《左传》僖公十三年：“晋荐饥，使乞籴于秦……秦于是乎输粟于晋。”这里泛指雨水成灾，饥民待赈。

柳州罗池庙迎享送神歌辞

荔子丹兮蕉黄[1]，杂肴蔬兮进侯堂[2]。侯之船兮两旗[3]，度中流兮风泊之[4]。待侯不来兮不知我悲！侯乘驹兮入庙，慰我民兮不嚬以笑[5]。鹅之山兮柳之水[6]，桂树团团兮白石齿齿[7]。侯朝出游兮暮来归，春与猿吟兮秋鹤与飞[8]。北方之人兮为侯是非[9]，千秋万岁兮侯无我违[10]。福我兮寿我，驱厉鬼兮山之左[11]。下无苦湿兮高无干[12]，粳稌充羡兮蛇蛟结蟠[13]。我民报事兮无怠其始[14]，自今兮钦于世世[15]！

长庆元年或二年（公元822年）作。此篇诗集不载，今自文集录出。原附《柳州罗池庙碑》之后，文末云："余谓柳侯生能泽其民，死能惊动福祸以食其土，可谓灵也已。作迎享送神诗以遗柳民，俾歌以祀焉。而并刻之。……其辞曰……"因此我把这首诗正名为《柳州罗池庙迎享送神歌辞》，前五字，本原题；后六字，本原文。"柳侯"谓柳宗元。柳宗元于元和十年被贬为柳州刺史，元和十四年卒于柳州任上，元和十五年归葬万年（今陕西省西安市郊）。但柳州人民却为他立了衣冠墓（在今广西壮族自治区柳州市柳侯公园内），罗池即在其旁。柳宗元死后，当地百姓奉他为"罗池神"，并立庙以祀（今称为"柳侯祠"）。因为柳宗元替人民做过一些好事，尤其是得到汉、壮各族人民的好感，所以这样纪念他，崇奉他。韩愈不顾柳宗元是得罪了朝廷的，认为柳宗元是有德于人民的，就"因神设教"撰写了庙碑，并撰了这首歌辞，在当时，曾受到了“朝中士大夫”们的议罪。但这首诗却留传了千年，石刻现在还嵌在“柳侯祠”的右壁，世称三绝：“韩文、苏字、柳侯碑”。——是北宋时苏轼补写的。唐代沈传师写的庙碑文石刻已不存，数十年前有人说在湖南道州何家。

〔1〕荔子：即荔枝。蕉：即芭蕉的实，有大蕉、香蕉、鸡蕉、龙牙蕉之分。柳州所产，多是大蕉。别本蕉字下有“叶”字，误。

〔2〕肴蔬：肴是肉品，蔬是素品，即所谓“珍”、“素”，都是祭物。进侯堂：进献于侯的享堂。侯，古代五等爵中的第二等爵位；后来称一州之长也叫侯。

〔3〕“侯之船”句：《五百家注音辩昌黎先生文集》引朱廷玉云：“柳人迎神，其俗以一船两旗，置木马、偶人于舟，作乐而导之登岸，而趋于庙。”马其昶《韩昌黎文集校注》引陈景云云：“舟中树两旗，设寓焉，以迎神，此岭外祀神旧俗。见南宋临邛韩本注。”

〔4〕“度中流”句：言船在中流，被风飘泊。度，通“渡”。

〔5〕不噘以笑：噘同“颦”，皱起眉头。这里写柳侯之神和人民在一起时不是愁态，而是欢容。

〔6〕“鹅之山”句：鹅山在柳州市南，与柳侯祠一江之隔。柳宗元《柳州山水记》中作“峨山”。柳水，即柳江，它环绕着柳州的东、南、西三面。

〔7〕团团：圆大如盖的样子。齿齿：排列如齿的样子。

〔8〕秋鹤与飞：或作“秋与鹤飞”，似因为上面是“春与猿吟”。按这是有意的错综，有如屈原《九歌·东皇太一》中的“吉日兮辰良”，不是“吉日兮良辰”。

〔9〕“北方”句：指朝中士大夫为了柳宗元事纷纷非议。“是非”是偏义复词，这里偏“非”。

〔10〕侯无我违：即“侯无违我”——侯不要离开我们！我违，把宾

语与动词互换地位；我，作复数第一人称代词。

〔11〕“驱厉鬼”句：厉鬼，凶恶的鬼、灾害的鬼。传世《龙城石刻》残片：“龙城柳，神所守。驱厉鬼，出匕首。福土氓，制九丑。”是柳宗元的手迹。从前的人曾怀疑《龙城石刻》，殊不知韩愈这首诗已语语有据。

〔12〕“下无”句：下指地；高不是指天，也是指地。柳州地区高下不平，从江边到山头，都有壮、汉人民在耕种、垦殖，所以韩愈代人民对神说：低处不要有水灾，高处不要有旱灾。

〔13〕粳：音 jīng，即北方所称大米。稌：音 tú，糯米，即北方所称江米。也有把粳稌都解释作稻的。这是柳州壮、汉人民主要的农作物。充羡：充足有馀。结蟠：蛰伏、冬眠，是说蛇蛟不出来伤人。蛇蛟结蟠与作者《送李愿归盘谷序》的“蛟龙遁藏”的说法一样。

〔14〕报事：报告事情；指人民向州官报事——向神报事。无怠其始：像以前一样——像柳侯做着刺史时一样。

〔15〕钦：尊敬。

条山苍

条山苍，河水黄〔1〕。波浪沄沄去〔2〕，松柏在山冈〔3〕。

方成珪《昌黎先生诗文年谱》将此诗列在无年可考中。方世举《韩昌黎诗集编年笺注》编入长庆二年。余初疑为韩愈早年之作，然细玩诗意，苍凉老劲，似非新手所能。末句“松柏在山冈”，有自况之意；李宪乔批云：“寻常写景，十六字中，见一生之概”（程学恂《韩诗臆说》亦袭其语）；可知非其少作。故从方世举说。考韩愈行迹，长庆二年春，愈奉命宣抚镇州（今河北正定），途经条山。条山，即中条山，因其位于太行与华岳之间，故谓之中条。

〔1〕河：黄河。

〔2〕“波浪”句：沄沄，音 yún yún，水流很急的样子。此句用《论语》“逝者如斯夫，不舍昼夜”意，谓动者自动，永流不息。

〔3〕“松柏”句：用《论语》“岁寒然后知松柏之后凋也”意，谓静者自静，矗立长存。

寿阳驿题绝句

风光欲动别长安，春半边城特地寒。不见园花兼巷柳〔1〕，马头惟有月团团。

长庆二年出差镇州途中作。寿阳驿在山西（今寿阳县）。

〔1〕园花、巷柳：王谠《唐语林》谓此诗“盖有所属”——意指韩愈属意于他的二妾：绛桃和柳枝。此说附会。

送桂州严大夫

苍苍森八桂〔1〕，兹地在湘南。江作青罗带，山如碧玉篸〔2〕。户多输翠羽，家自种黄甘〔3〕。远胜登仙去，飞鸾不假骖〔4〕。

长庆二年作。严大夫，即严谟，是年四月出任桂州（治所在今桂林市）观察使。

〔1〕森八桂:森,茂盛。我国神话:月宫有八株桂树。桂州因产桂而得名,所以“八桂”就成了它的别称(并成为广西全区的别称)。这里却当作原来意思用,指茂盛多桂之地。似用孙绰《游天台山赋》“八桂森挺以陵霜”语。

〔2〕篸:同“簪”。自从韩愈用“青罗带”和“碧玉篸”来形容桂林山水,一直为后世许多诗人、画家所本。

〔3〕“户多”二句:户、家,同义复词的拆用,意即户户家家。翠羽,指翡翠(水鸟)的羽毛,唐代以来,翠羽是最珍贵的饰品。黄甘,桂林人叫做“黄皮果”,与《汉书·司马相如传》所称“黄甘橙榛”、颜师古注引郭璞曰“黄甘,橘属”者不是一物。

〔4〕飞鸾:仙人所乘的神鸟,这里喻登仙。不假骖:不须要坐骑。意思是说:这里比仙境还好,不靠飞鸾作坐骑去登仙。

早春呈水部张十八员外(选一首)

天街小雨润如酥〔1〕,草色遥看近却无〔2〕。最是一年春好处:绝胜烟柳满皇都〔3〕。

长庆三年(公元823年)作。原二首,选一首。张十八即张籍,时任水部员外郎。员外,编制以外的官员。

〔1〕天街:御街,即皇城中的长安街。

〔2〕“草色”句:遥看,似见草色;近看,却还没有长草。此写早春雨里,草色在有无之间。

〔3〕“最是”二句:黄叔灿云:“言春之好处,正在此时,绝胜于烟柳

全盛时也。”

南溪始泛三首

其一

榜舟南山下[1],上上不得返[2]。幽事随去多,孰能量近远?阴沉过连树,昂藏抵横坂[3]。石粗肆磨砺,波恶厌牵挽。或倚偏岸渔,竟就平川饭。点点暮雨飘,梢梢新月偃[4]。馀年懔无几[5],休日怆已晚[6]。自是病使然,非由取高蹇[7]。

长庆四年(公元824年)夏作。是年十二月,韩愈卒。魏泰《临汉隐居诗话》:“南溪始泛诗,昌黎临死病中作也。”南溪在长安城外南山下,韩愈有别墅在这里。时同游者有张籍。张籍《哭退之诗》:“去夏公请告,养病城南庄。籍时休官罢,两月同游翔。移船入南溪,东西纵篙撑。……公作游溪诗,咏唱多慨慷。……”

〔1〕榜:这里读bàng,作动词用。榜舟,犹如说行船。

〔2〕上上:谓船逆溪流而继续前进。

〔3〕昂藏:犹如说昂扬,指意兴勃发。

〔4〕梢梢:与“稍稍”同,形容微小。

〔5〕懔:音lǐn,感到恐惧。

〔6〕休:退职、告老。怆:音chuàng,悲伤。

〔7〕高蹇:高卧、高蹈之意,喻归隐。应上文“馀年懔无几,休日怆

已晚”。

其二

南溪亦清驶，而无楫与舟。山农惊见之，随我观不休。不惟儿童辈，或有杖白头。馈我笼中瓜，劝我此淹留。我云以病归，此已颇自由。幸有用馀俸，置居在西畴[1]。囷仓米谷满，未有旦夕忧。上去无得得，下来亦悠悠[2]。但恐烦里闾，时有缓急投。愿为同社人，鸡豚燕春秋[3]。

〔1〕西畴：用陶渊明《归去来辞》“农人告余以春及，将有事乎西畴”中这一词儿，示退居意，并不实指。

〔2〕上去、下来：指居官、退职。得得：得意、特殊。

〔3〕燕：同“宴”。燕春秋，春社、秋社日的饮聚。

其三

足弱不能步，自宜收朝迹[1]。羸形可舆致[2]，佳观安可掷？即此南坂下，久闻有水石。拕[3]舟入其间，溪流正清激。随波吾未能[4]，峻濑乍可刺。鹭起若导吾[5]，前飞数十尺。亭亭柳带沙，团团松冠壁。归时还尽夜，谁谓非事役。

〔1〕收朝迹：结束政治生活，足不上朝廷。梁简文帝（萧纲）《答湘东王庆州牧书》：“必欲卷缓避贤，辞病收迹。”

〔2〕舆致：乘竹轿而往。应首句“足弱不能步”。《晋书·陶潜传》：

"素有脚疾,向乘篮舆,亦足自反。"

〔3〕拕:《汉书·严助传》:"拕舟而入水。"颜师古注:"拕,曳也。"按,即今之"拖"字。

〔4〕"随波"句:有寄托,作者自写其倔强。

〔5〕"鹭起"句:古人常以鸥鹭比喻在野,这里说"若导吾",隐喻归隐。

游太平公主山庄

公主当年欲占春〔1〕,故将台榭压城闉〔2〕。欲知前面花多少:直到南山不属人〔3〕。

太平公主是唐高宗(李治)第三女,武则天所生,初招薛绍为驸马,绍死,再嫁武承嗣,三嫁武攸暨,是武氏集团的重要人物。《新唐书·诸帝公主列传》说她权震天下,封至万户,"田园遍近甸(京郊),皆上腴(最肥美的土地)。吴、蜀、岭峤,市作器用,州县护送,道相望也。天下珍滋谲怪充于家,供帐声伎,与天子等。侍儿曳纨縠者数百,奴伯、妪监千人,陇右牧马至万匹。……"玄宗初立,她被赐死,死后"簿(登记)其田赀,瑰宝(珍宝)若山,督子贷,凡三年不能尽"。韩愈这首诗,侧面地揭露了唐代当权贵族的倾天气焰和对土地掠夺的惊人程度。

〔1〕占春:占领春色,喻占显要地位。

〔2〕城闉:内城之门。闉,音 yīn。

〔3〕"直到"句:南山即终南山。这句表面指上句"花",实际上是指

土地：从长安城边一直到终南山都是属于她的。

枯树

老树无枝叶，风霜不复侵。腹穿人可过，皮剥蚁还寻。寄托惟朝菌〔1〕，依投绝暮禽。犹堪持改火〔2〕，未肯但空心。

这首诗就诗意、语句看，当是晚年作品。句句咏枯树，而句句有寄托，读者可以自己玩索。宋诗人陈与义《十月》诗的名句“枯木无枝不受寒”，即从韩愈这诗的首二句化来。

〔1〕朝菌：《庄子·逍遥游》：“朝菌不知晦朔。”朝菌，有人释为“大芝”，有人注即“朝蟒”；一是植物，一是昆虫；不过都有朝生暮死、生命短促的含意。韩愈这里的用法，似指植物；（倘指昆虫就和上句的“蚁”重复了，中间这四句原是分别以四物来说枯树的无用，第二句和第七句又分别以风、火来说枯树似有用，章法整饬。）不过只是指“菌”义，不含“朝”义。（用“朝菌”这个词儿，是为了与下句的“暮禽”对仗罢了。）

〔2〕改火：《论语·阳货》：“钻燧改火。”朱熹注：“燧，取火之木也。火，春取榆、柳之火，夏取枣、杏之火，秋取柞、楢之火，冬取槐、檀之火。”改火，更换着用木取火，是一种古礼。

附录

新唐书·韩愈列传

韩愈,字退之,邓州南阳人。

七世祖茂,有功于后魏,封安定王。父仲卿,为武昌令,有美政,既去,县人刻石颂德;终秘书郎。

愈生三岁而孤,随伯兄会贬官岭表。会卒,嫂郑鞠之。愈自知读书,日记数千百言。比长,尽能通《六经》、百家学。擢进士第。会董晋为宣武节度使,表署观察推官。晋卒,愈从丧出。不四日,汴军乱,乃去依武宁节度使张建封,建封辟府推官。操行坚正,鲠言无所忌。调四门博士,迁监察御史。上疏极论宫市,德宗怒,贬阳山令。有爱在民,民生子多以其姓字之。改江陵法曹参军。

元和初,权知国子博士,分司东都,三岁为真。改都官员外郎,即拜河南令。迁职方员外郎。

华阴令柳涧有罪,前刺史劾奏之,未报而刺史罢。涧讽百姓遮索军顿役直。后刺史恶之,按其狱,贬涧房州司马。愈过华,以为刺史阴相党,上疏治之。既御史覆问,得涧赃,再贬封溪尉。愈坐是复为博士。既才高数黜,官又下迁,乃作《进学解》以自谕,曰:

> 国子先生晨入太学,召诸生立馆下,诲之曰:"业精于勤,荒于嬉;行成于思,毁于随。方今圣贤相逢,治具毕张,拔去凶邪,登崇畯良。占小善者率以录,名一艺者无不庸。爬罗剔抉,刮垢磨光。盖有幸而获选,孰云多而不扬?诸生业患不能精,无患有司之不明;行患不能成,无患有司之不公。"

言未既，有笑于列者曰："先生欺予哉！弟子事先生，于兹有年矣。先生口不绝吟于六艺之文，手不停披于百家之编；记事者必提其要，纂言者必钩其玄；贪多务得，细大不捐；烧膏油以继晷，常矻矻以穷年：先生之业，可谓勤矣。牴排异端，攘斥佛老；补苴罅漏，张皇幽眇；寻坠绪之茫茫，独旁搜而远绍；障百川而东之，回狂澜于既倒：先生之于儒，可谓有劳矣。沉浸醲郁，含英咀华，作为文章，其书满家；上规姚姒，浑浑亡涯，周诰商盘，佶屈聱牙；春秋谨严，左氏浮夸，易奇而法，诗正而葩；下逮庄骚，太史所录，子云相如，同工异曲：先生之于文，可谓闳其中而肆其外矣。少始知学，勇于敢为；长通于方，左右其宜：先生之于为人，可谓成矣。然而公不见信于人，私不见助于友，跋前踬后，动辄得咎。暂为御史，遂窜南夷。三年博士，冗不见治。命与仇谋，其败几时。冬暖而儿号寒，年丰而妻啼饥。头童齿豁，竟死何裨！不知虑此，而反教人为？"

先生曰："吁！子来前。夫大木为杗，细木为桷，欂栌侏儒，椳闑扂楔，各得其宜，施以成室者，匠氏之工也。玉札丹砂，赤箭青芝，牛溲马勃，败鼓之皮，俱收并蓄，待用无遗者，医师之良也。登明选公，杂进巧拙，纡馀为妍，卓荦为杰，校短量长，唯器是适者，宰相之方也。昔者孟轲好辩，孔道以明；辙环天下，卒老于行。荀卿宗王，大伦以兴；逃谗于楚，废死兰陵。是二儒者，吐辞为经，举足为法，绝类离伦，优入圣域，其遇于世何如？今先生学虽勤而不繇其统，言虽多而不要其中，文虽奇而不济于用，行虽修而不显于众。犹且月费俸钱，岁靡廪粟；子不知耕，妇不知织；乘马从徒，安坐而食；踵常涂之促促，窥陈编以盗窃。然而圣主不加诛，宰臣不见斥，兹非其幸欤！动而得谤，名亦随之；投闲置散，乃分之宜。若夫商财贿之有无，计班资之崇庳，忘量己之所称，指前人之瑕疵，是所谓诘匠氏之不以杙为楹，而訾医师以昌阳引年，欲进其豨苓也。"

执政览之，奇其才，改比部郎中、史馆修撰。转考功，知制诰，进中书舍人。

初，宪宗将平蔡，命御史中丞裴度使诸军按视。及还，具言贼可灭，与宰相议不合。愈亦奏言：

> 淮西连年修器械防守，金帛、粮畜，耗于给赏，执兵之卒，四向侵掠。农夫织妇，饷于其后，得不偿费。比闻畜马皆上槽枥，此譬有十夫之力，自朝抵夕，跳跃叫呼，势不支久，必自委顿。当其已衰，三尺童子可制其命。况以三州残弊困剧之馀，而当天下全力，其破可立而待也。然未可知者，在陛下断与不断耳。夫兵不多不足以取胜，必胜之师不在速战，兵多而战不速，则所费必广。疆场之上，日相攻劫，近贼州县，赋役百端，小遇水旱，百姓愁苦。方此时，人人异议，以惑陛下，陛下持之不坚，半途而罢，伤威损费，为弊必深。所要先决于心，详度本末，事至不惑，乃可图功。

又言：

> 诸道兵羁旅单弱不足用，而界贼州县，百姓习战斗，知贼深浅。若募以内军，教不三月，一切可用。

又欲“四道置兵，道率三万，畜力伺利，一日俱纵，则蔡首尾不救，可以责功”。

执政不喜，会有人诋愈在江陵时为裴均所厚，均子锷素无状，愈为文章，字命锷，谤语嚣暴，由是改太子右庶子。及度以宰相节度彰义军，宣慰淮西，奏愈行军司马。愈请乘遽先入汴，说韩弘，使协力。元济平，迁刑部侍郎。

宪宗遣使者往凤翔，迎佛骨入禁中，三日，乃送佛祠。王公士人，奔走膜呗，至为夷法灼体肤，委珍贝，腾沓系路。愈闻恶之，乃上表曰：

佛者，夷狄之一法耳。自后汉时始入中国，上古未尝有也。昔黄帝在位百年，年百一十岁；少昊在位八十年，年百岁；颛顼在位七十九年，年九十岁；帝喾在位七十年，年百五岁；尧在位九十八年，年百一十八岁；帝舜在位及禹年皆百岁。此时天下太平，百姓安乐寿考，然而中国未有佛也。其后，汤亦年百岁，汤孙太戊在位七十五年，武丁在位五十年，书史不言其寿。推其年数，盖不减百岁。周文王年九十七岁，武王年九十三岁，穆王在位百年。此时佛法亦未至中国，非因事佛而致然也。汉明帝时始有佛法，明帝在位才十八年。其后乱亡相继，运祚不长。宋、齐、梁、陈、元魏以下，事佛渐谨，年代尤促。唯梁武帝在位四十八年，前后三度舍身施佛，宗庙祭不用牲牢，昼日一食，止于菜果，后为侯景所逼，饿死台城，国亦寻灭。事佛求福，反更得祸。由此观之，佛不足信，亦可知矣。

高祖始受隋禅，则议除之。当时群臣识见不远，不能深究先王之道、古今之宜，推阐圣明，以救斯弊，其事遂止。臣常恨焉！伏惟睿圣文武皇帝陛下，神圣英武，数千百年以来，未有伦比。即位之初，即不许度人为僧尼、道士，又不许别立寺观。臣当时以为高祖之志，必行于陛下。今纵未能即行，岂可恣之令盛也？今陛下令群僧迎佛骨于凤翔，御楼以观，舁入大内，又令诸寺递迎供养。臣虽至愚，必知陛下不惑于佛，作此崇奉以祈福祥也。直以丰年之乐，徇人之心，为京都士庶设诡异之观、戏玩之具耳。安有圣明若此，而肯信此等事哉？然百姓愚冥，易惑难晓，苟见陛下如此，将谓真心事佛，皆云："天子大圣，犹一心信向，百姓微贱，于佛岂合更惜身命？"以至灼顶燔指，百十为群，解衣散钱，自朝至暮，转相仿效，唯恐后时，老幼奔波，弃其生业。若不即加禁遏，更历诸寺，必有断臂脔身以为供养者。伤风败俗，传笑四方，非细事也。

佛本夷狄之人，与中国言语不通，衣服殊制，口不言先王之法言,衣不服先王之法服,不知君臣之义、父子之情。假如其身尚在,奉其国命来朝京师,陛下容而接之,不过宣政一见,礼宾一设,赐衣一袭,卫而出之于境,不令贰于众也。况其身死已久,枯朽之骨,凶秽之馀,岂宜以入宫禁?孔子曰:“敬鬼神而远之。”古之诸侯吊于其国,必令巫祝先以桃茢祓除不祥,然后进吊。今无故取朽秽之物,亲临观之,巫祝不先,桃茢不用,群臣不言其非,御史不举其失,臣实耻之。乞以此骨付有司投诸水火,永绝根本,断天下之疑,绝后代之惑,使天下之人知大圣人之所作为出于寻常万万也。岂不盛哉?岂不快哉?佛如有灵,能作祸祟,凡有殃咎,宜加臣身。上天鉴临,臣不怨悔。

表入,帝大怒,持示宰相,将抵以死。裴度、崔群曰:“愈言讦牾,罪之诚宜。然非内怀至忠,安能及此?愿少宽假,以来谏争。”帝曰:“愈言我奉佛太过,犹可容;至谓东汉奉佛以后,天子咸夭促,言何乖剌邪?愈,人臣,狂妄敢尔,固不可赦。”于是中外骇惧,虽戚里诸贵,亦为愈言,乃贬潮州刺史。

既至潮,以表哀谢曰:

臣以狂妄戆愚,不识礼度,上表陈佛骨事,言涉不敬。正名定罪,万死犹轻。陛下哀臣愚忠,恕臣狂直,谓言虽可罪,心亦无它,特屈刑章,以臣为潮州刺史,既免刑诛,又获禄食,圣恩宽大,天地莫量,破脑刳心,岂足为谢!

臣所领州,在广府极东,过海口,下恶水,涛泷壮猛,难计期程,飓风鳄鱼,患祸不测。州南近界,涨海连天,毒雾瘴氛,日夕发作。臣少多病,年才五十,发白齿落,理不久长。加以罪犯至重,所处远恶,忧惶惭悸,死亡无日。单立一身,朝无亲党,居蛮夷之地,与魑魅同群,苟非陛下哀而念之,谁肯为臣言者?

臣受性愚陋，人事多所不通，唯酷好学问文章，未尝一日暂废，实为时辈所见推许。臣于当时之文，亦未有过人者。至于论述陛下功德，与《诗》、《书》相表里，作为歌诗，荐之郊庙，纪泰山之封，镂白玉之牒，铺张对天之宏休，扬厉无前之伟迹，编于《诗》、《书》之策而无愧，措之于天地之间而无亏，虽使古人复生，臣未肯让。

伏以大皇受命有天下，四海之内，莫不臣妾，南北东西，地各万里。自天宝以后，政治少懈，文致未优，武克不刚，孽臣奸隶，蠹居棋处，摇毒自防，外顺内悖，父死子代，以祖以孙，如古诸侯，自擅其地，不朝不贡，六七十年。四圣传序，以至陛下。即位以来，躬亲听断，旋乾转坤，关机阖开，雷厉风飞，日月清照，天戈所麾，无不从顺。宜定乐章，以告神明，东巡泰山，奏功皇天，具著显庸，明示得意，使永永年服我成烈。当此之际，所谓千载一时不可逢之嘉会，而臣负罪婴衅，自拘海岛，戚戚嗟嗟，日与死迫，曾不得奏薄伎于从官之内、隶御之间，穷思毕精，以赎前过。怀痛穷天，死不闭目，伏惟陛下天地父母哀而怜之。

帝得表，颇感悔，欲复用之，持示宰相曰："愈前所论是大爱朕，然不当言天子事佛乃年促耳。"皇甫镈素忌愈直，即奏曰："愈终狂疏，可且内移。"乃改袁州刺史。

初，愈至潮，问民疾苦，皆曰："恶溪有鳄鱼，食民畜产且尽，民以是穷。"数日，愈自往视之，令其属秦济以一羊一豚投溪水而祝之曰：

昔先王既有天下，列山泽，网绳擉刃以除虫、蛇、恶物为民物害者，驱而出之四海之外。及德薄，不能远有，则江、汉之间尚皆弃之，以与蛮夷楚、越，况岭、海之间去京师万里哉？鳄鱼之涵淹卵育于此，亦固其所。

今天子嗣唐位，神圣慈武，四海之外，六合之内，皆抚而有之，况禹迹所掩，扬州之近地，刺史县令之所治，出贡赋以供天地、宗庙、百神之祀之壤者哉？鳄鱼其不可与刺史杂处此土也。刺史受天子命，守此土，治此民，而鳄鱼睅然不安溪潭，据处食民畜、熊豕鹿獐以肥其身，以种其子孙，与刺史拒争为长雄。刺史虽驽弱，亦安肯为鳄鱼低首下心，伈伈睍睍，为吏民羞，以偷活于此也？且承天子命来为吏，固其势不得不与鳄鱼辨。鳄鱼有知，其听刺史。

潮之州，大海在其南，鲸鹏之大，虾蟹之细，无不容归，以生以食，鳄鱼朝发而夕至也。今与鳄鱼约："尽三日，其率丑类南徙于海，以避天子之命吏。三日不能，至五日；五日不能，至七日。七日不能，是终不肯徙也，是不有刺史，听从其言也。不然，则是鳄鱼冥顽不灵，刺史虽有言，不闻不知也。夫傲天子之命吏，不听其言，不徙以避之，与顽不灵而为民物害者，皆可杀。刺史则选材技民，操强弓毒矢，以与鳄鱼从事，必尽杀乃止，其无悔！"

祝之夕，暴风震电起溪中，数日，水尽涸，西徙六十里，自是潮无鳄鱼患。

袁人以男女为隶，过期不赎，则没入之。愈至，悉计庸得赎所没，归之父母七百馀人。因与约，禁其为隶。

召拜国子祭酒，转兵部侍郎。镇州乱，杀田弘正而立王廷凑。诏愈宣抚。既行，众皆危之。元稹言："韩愈可惜。"穆宗亦悔，诏愈度事从宜，无必入。愈至，廷凑严兵迓之，甲士陈廷。既坐，廷凑曰："所以纷纷者，乃此士卒也。"愈大声曰："天子以公为有将帅材，故赐以节，岂意同贼反邪？"语未终，士前奋曰："先太师为国击朱滔，血衣犹在，此军何负，乃以为贼乎？"愈曰："以为尔不记先太师也，若犹记之，固善。天宝以来，安禄山、史思明、李希烈等有子若孙在乎？亦有居官者乎？"众曰："无。"愈曰："田公以魏、博六州归朝廷，官中书令，父子受旗节，刘悟、李祐皆大镇，此尔军所共闻也。"众曰："弘正刻，故此军不安。"愈曰："然尔曹亦害田公，又残其家矣，复何道？"众乃讙曰："善。"廷凑虑众变，疾麾使去。因泣谓愈曰："今欲廷凑何所为？"愈曰："神策六军将，如牛元翼者为不乏，但朝廷顾大体，不可弃之。公久围之，何也？"廷凑曰："即出之。"愈曰："若尔，则无事矣。"会元翼亦溃围出，廷凑不追。愈归，奏其语，帝大悦。转吏部侍郎。

时宰相李逢吉恶李绅，欲逐之，遂以愈为京兆尹、兼御史大夫，特诏不台参，而除绅中丞。绅果劾奏愈，愈以诏自解。其后文刺纷然，宰相以台、府不协，遂罢愈为兵部侍郎，而出绅江西观察使。绅见帝，得留，愈亦复为吏部侍郎。

长庆四年卒，年五十七，赠礼部尚书，谥曰"文"。

愈性明锐，不诡随。与人交，终始不少变。成就后进士，往往知名。经愈指授，皆称"韩门弟子"，愈官显，稍谢遣。凡内外亲若交友无后者，为嫁遣孤女而恤其家。嫂郑丧，为服期以报。

每言文章自汉司马相如、太史公、刘向、扬雄后，作者不世出，故愈深探本元，卓然树立，成一家言。其《原道》、《原性》、《师说》等数十篇，皆奥衍闳深，与孟轲、扬雄相表里而左右《六经》云。至它文造端置辞，要为不袭蹈前人者。然惟愈为之沛然若有馀，至其徒李翱、李汉、皇甫湜从而效之，遽不及远甚。从愈游者，若孟郊、张籍，亦皆自名于时。

赞曰：唐兴，承五代剖分，王政不纲，文弊质穷，蛙俚混并。天下已定，治荒剔蠹，讨究儒术，以兴典宪，薰醲涵浸，殆百馀年，其后文章，稍稍可述。至贞元、元和间，愈遂以《六经》之文为诸儒倡，障堤末流，反刓以朴，刬伪为真。然愈之才，自视司马迁、扬雄，至班固以下不论也。当其所得，粹然一出于正，刊落陈言，横骛别驱，汪洋大肆，要之无抵捂圣人者。其道盖自比孟轲，以荀况、扬雄为未淳，宁不信然？至进谏陈谋，排难恤孤，矫拂媮末，皇皇于仁义，可谓笃道君子矣。自晋汔隋，老、佛显行，圣道不断如带。诸儒倚天下正议，助为怪神。愈独喟然引圣，争四海之惑，虽蒙讪笑，跆而复奋，始若未之信,卒大显于时。昔孟轲拒扬、墨,去孔子才二百年。愈排二家,乃去千馀岁,拨衰反正,功与齐而力倍之,所以过况、雄为不少矣。自愈没,其言大行,学者仰之如泰山、北斗云。

后记

《韩愈诗选》编成于一九六二年初，其间经搁置、迷失，幸得好心的同志于废弃资料中找出，人民文学出版社古典文学编辑室特加重视，送还给我，遂稍加整理；关于选目、注解、音释等方面，复承杜维沫、陈建根、郭隽杰同志协助调整、订正，舒芜同志赐写序文，均此掬诚致谢！并以此献给当时关心此书的巴人同志在天之灵！

此选本以宋人魏仲举编《五百家注音辩昌黎先生文集》为底本，我所得的只是坊间本，不可靠，遂参以别本多种，或佳刻本，或手批本，定字择善而从。注释亦杂采各家之言，时或出以己意，不祖故常。又囿于黄山谷之说，未选《南山》。彼时不佞年未五十，不知四十九之非，大胆尝试，事近妄为。留痕于此，以彰吾陋。

附录《韩愈列传》，系据清同治五局本《二十四史·新唐书》，后复参照中华书局排印标点本。并此附记。

陈迩冬

一九八二年十一月